La multitud errante

Laura Restrepo

La multitud errante

ALFAGUARA

© 2001, 2016, Laura Restrepo
© 2016, de la presente edición en castellano para todo el mundo:
Penguin Random House Grupo Editorial, S. A. U.
Travessera de Gràcia, 47-49. 08021 Barcelona

© Diseño: Penguin Random House Grupo Editorial

Printed in Spain – Impreso en España

ISBN: 978-84-204-1085-2
Depósito legal: B-2097-2016

Impreso en EGEDSA, Sabadell (Barcelona)

AL10852

Penguin
Random House
Grupo Editorial

Para mi agente, Thomas Colchie,
y su mujer, Elaine, amigos entrañables

A las gentes que andan huyendo
del terror [...] les suceden cosas extrañas;
algunas crueles y otras tan hermosas
que les vuelven a encender la fe.

JOHN STEINBECK

Como creo que la escritura es un oficio en buena medida colectivo y que cada voz individual debe buscar su entronque generacional, he querido que este libro sea un puente entre los míos y los de Alfredo Molano, también él colombiano, cincuentón, testigo de las mismas guerras y cronista de similares bregas. Con su autorización, he entreverado en mi texto una docena de líneas que son de su autoría y que sus lectores sabrán reconocer.

1

¿Cómo puedo yo decirle que nunca la va a encontrar, si ha gastado la vida buscándola?

Me ha dicho que le duele el aire, que la sangre quema sus venas y que su cama es de alfileres, porque perdió a la mujer que ama en alguna de las vueltas del camino y no hay mapa que le diga dónde hallarla. La busca por la corteza de la geografía sin concederse un minuto de tregua ni de perdón, y sin darse cuenta de que no es afuera donde está, sino que la lleva adentro, metida en su fiebre, presente en los objetos que toca, asomada a los ojos de cada desconocido que se le acerca.

—El mundo me sabe a ella —me ha confesado—, mi cabeza no conoce otro rumbo, se va derecho donde ella.

Si yo pudiera hablarle sin romperle el corazón, se lo repetiría bien claro, para que deje sus desvelos y errancias en pos de una sombra. Le diría: «Tu Matilde Lina se fue al limbo, donde habitan los que no están ni vivos ni muertos».

Pero sería segar las raíces del árbol que lo sustenta. Además para qué, si no habría de creerme. Sucede que él también, como aquella mujer que persigue, habita en los entresueños del limbo y se acopla, como ella, a la nebulosa condición intermedia. En este albergue he conocido a muchos marcados por ese estigma: los que van desapareciendo a medida que buscan a sus desaparecidos. Pero ninguno tan entregado como él a la tiranía de la búsqueda.

—Ella anda siguiendo, como yo, la vida —dice, empecinado, cuando me atrevo a insinuarle lo contrario.

He llegado a creer que esa mujer es ángel tutelar que no da tregua a su obsesión de peregrino. Va diez pasos adelante para que él alcance a verla y no pueda tocarla; siempre diez pasos infranqueables que quieren obligarlo a andar tras ella hasta el último día de la existencia.

Se arrimó a este albergue de caminantes como a todos lados: preguntando por ella. Quería saber si había pasado por aquí una mujer refundida en los tráficos de la guerra, de nombre Matilde Lina y de oficio lavandera, oriunda de Sasaima y radicada en un caserío aniquilado por la violencia, sobre el linde del Tolima y del Huila. Le dije que no, que no sabíamos nada de ella, y a cambio le ofrecí hospedaje: cama, techo, comida caliente y la protección inmaterial de nuestros muros de aire. Pero él insistía en su tema con esa voluntaria ceguera de los que esperan más allá de toda esperanza, y me pidió que revisara nombre por nombre en los libros de registro.

—Hágalo usted mismo —le dije, porque conozco bien esa comezón que no calma, y lo senté frente a la lista de quienes día tras día hacen un alto en este albergue, en medio del camino de su desplazamiento.

Le insistí en que se quedara con nosotros al menos un par de noches, hasta que desmontara esa montaña de fatiga que se le veía acumulada sobre los hombros. Eso fue lo que le dije, pero hubiera querido decirle: «Quédese, al menos mientras yo me hago a la idea de no volver a verlo». Y es que ya desde entonces me empezó a invadir un cierto deseo, inexplicable, de tenerlo cerca.

Agradeció la hospitalidad y aceptó pernoctar, aunque sólo por una noche, y fue entonces cuando le pregunté el nombre.

—Me llamo Siete por Tres —me respondió.

—Debe ser un apodo. ¿Podría decirme su nombre? Un nombre cualquiera, no se haga problema; necesito un nombre, verdadero o falso, para anotarlo en el registro.

—Siete por Tres es mi nombre, con perdón; de ningún otro tengo noticia.

—Pedro, Juan, cualquier cosa; dígame por favor un nombre —le insistí alegando motivos burocráticos, pero los que en realidad me apremiaban tenían que ver con la oscura convicción de que todo lo estremecedor que la vida depara suele llegar así, de repente y *sin nombre*. Saber cómo se llamaba este desconocido que tenía al frente era la única manera —al menos así lo sentí entonces— de contrarrestar el influjo que empezó a ejercer sobre mí desde ese instante. ¿Debido a qué? No podría precisarlo, porque no se diferenciaba gran cosa de tantos otros que vienen a parar a estos confines de exilio, envueltos en un aura enferma, arrastrando un cansancio de siglos y tratando de mirar hacia delante con ojos atados a lo que han dejado atrás. Hubo algo en él, sin embargo, que me comprometió profundamente; tal vez esa tenacidad de sobreviviente que percibí en su mirada, o su voz serena, o su oscura mata de pelo; o quizá sus ademanes de animal grande: lentos y solemnes. Y más que otra cosa creo que pesó sobre mí una predestinación. La predestinación que se esconde en el propósito último e inconfeso de mi viaje hasta estas tierras. ¿Acaso no he venido a buscar todo aquello que este hombre encarna? Eso no lo supe desde un principio, porque aún era inefable para mí ese todo aquello que andaba buscando, pero lo sé casi con certeza ahora y puedo incluso arriesgar una definición: todo aquello es todo lo otro; lo distinto a mí y a mi mundo; lo que se fortalece justo allí donde siento que lo mío es endeble; lo que se transforma en pánico y en voces de alerta allí donde lo mío se consolida en certezas; lo que envía señales de vida donde lo mío se deshace en descreimiento; lo que parece verdadero en contraposición a lo nacido del discurso o, por el contrario, lo que se vuelve fantasmagórico a punta de carecer de discurso: el envés del tapiz, donde los nudos de la realidad quedan al descubierto. Todo aquello, en fin, de lo que no podría dar fe mi corazón si me hubiera quedado a vivir de mi lado.

No creo en lo que llaman amor a primera vista, a menos que se entienda como esa inconfundible intuición que te indica que se avecina un vínculo; esa súbita descarga que te obliga a encogerte de hombros y a entrecerrar los ojos, protegiéndote de algo inmenso que se te viene encima y que por alguna misteriosa razón está más ligado a tu futuro que a tu presente. Recuerdo con claridad que en el momento en que vi entrar a Siete por Tres, aun antes de saber su ningún nombre, me hice con respecto a él la pregunta que a partir de entonces habría de hacerme tantas veces: ¿vino para salvarme, o para perderme? Algo me decía que no debía esperar términos medios. ¿Siete por Tres? ¿7×3? Dudé al escribir.

—Cómo firma usted, ¿con números o con letras?

—Poco firmo, señorita, porque no confío en papeles.

—Sea, pues: Siete por Tres —le dije y me dije a mí misma, aceptando lo inevitable—. Ahora venga conmigo, señor don Siete por Tres; no le hará mal un plato de sopa.

No le permitía comer esa ansiedad que lo abrasaba por dentro y que era más grande que él mismo, pero eso no me extrañó; todos los que suben hasta acá vienen volando en alas de esa misma vehemencia. Me extrañó, sí, no lograr mirarle el alma. Pese a que en este oficio se aprende a calar hondo en las intenciones de la gente, había algo en él que no encajaba en ningún molde. No sé si era su indumentaria de visitante irremediablemente extranjero, o su intento de disfrazarse sin lograrlo, o si mis sospechas recaían sobre ese bulto encostalado que traía consigo y que no descuidaba ni un instante, como si contuviera una carga preciosa o peligrosa.

Además me inquietaba esa manera suya de mirar demasiado hacia adentro y tan poco hacia afuera; no sé bien qué era, pero algo en él me impedía adivinar su naturaleza. Y aquí puedo volver a decirlo, para cerrar el círculo; lo que me intimidaba de esa naturaleza suya era que parecía hecha de otra cosa.

Aceptó la hospitalidad por una sola noche pero se fue quedando, en contravía de su propia decisión, despidiéndose al alba porque partía para siempre y anocheciendo todavía aquí, retenido por no sé qué cadena de responsabilidades y remordimientos. Desde que me preguntó por su Matilde Lina no bien hubo traspasado por primera vez la puerta, no paró ya de hablarme de ella, como si dejar de nombrarla significara acabar de perderla o como si evocarla frente a mí fuera su mejor manera de recuperarla.

—¿Dónde y cuándo la viste por última vez? —le preguntaba yo, según debo preguntarles a todos, como si esa fórmula humanitaria fuera un abracadabra, un conjuro eficaz para volver a traer lo ausente. Su respuesta, evasiva e imprecisa, me hacía comprender que habían pasado demasiados años y demasiadas cosas desde aquella pérdida.

A veces, al atardecer, cuando se aquietan los trajines del albergue y los refugiados parecen hundirse cada cual en sus propias honduras, Siete por Tres y yo sacamos al callejón un par de mecedoras de mimbre y nos sentamos a estar, enhebrando silencios con jirones de conversación, y así, cobijados por la tibieza del crepúsculo y por el dulce titileo de los primeros luceros, él me abre su corazón y me habla de amor. Pero no de amor por mí: me habla con deleite demorado de lo que ha sido su gran amor por ella. Haciendo un enorme esfuerzo yo lo consuelo, le pregunto, infinitamente lo escucho, a veces dejándome llevar por la sensación de que ante sus ojos, poco a poco, me voy transformando en ella, o de que ella va recuperando presencia a través de mí. Pero otras veces lo que me bulle por dentro es una desazón que logro disimular a duras penas.

—Basta ya, Siete por Tres —le pido entonces, tratando de tomármelo a broma—, que lo único que me falta por saber de tu tal Matilde Lina es si prefería comerse el pan con mantequilla o con mermelada.

—No es culpa mía —se justifica—. Siempre que empiezo a hablar, termino hablando de ella.

En el cielo, la negrura va engullendo los últimos rezagos de luz y muy abajo, al fondo, las chimeneas de la refinería con su penacho de fuego se ven mínimas e inofensivas, como fósforos. Entre tanto, nosotros dos seguimos dándole vueltas a la rueda de nuestra conversación. Yo todo se lo pregunto y me va respondiendo dócil y entregado, pero él a mí no me pregunta nada. Mis palabras escarban en él y se apropian de su interior, amarrándolo con el hilo envolvente de mi inquisición, mientras mi persona intenta ponerse a salvo, escapándose por ese lento río de cosas mías que él no pregunta y que jamás llegará a saber.

Siete por Tres se saca del bolsillo del pantalón un paquete de Pielroja, enciende un cigarrillo y se pone a fumar, dejándose llevar por el hilito de humo hacia esa zona sin pensamientos donde cada tanto se refugia. Mientras lo observo, una voz pequeña y sin dientes me grita por dentro: «Aquí hay dolor, aquí me espera el dolor, de aquí debo huir». Yo escucho esa voz y le creo, reconociendo el peso de su advertencia. Y, sin embargo, en vez de huir me voy quedando, cada vez más cerca, cada vez más quieta.

Tal vez mi zozobra sea sólo un reflejo de la suya, y tal vez el vacío que él siembra en mí sea hijo de esa ausencia madre que él almacena por dentro. Al principio, durante los primeros días de su estadía, creí posible aliviarlo del agobio, según he aprendido a hacer en este oficio mío, que en esencia no es otro que el de enfermera de sombras. Por experiencia intuía que si quería ayudarlo, tendría que escudriñar en su pasado hasta averiguar cómo y por dónde se le había colado ese recuerdo del que su agonía manaba.

Con el tiempo acabé reconociendo dos verdades, evidentes para cualquiera menos para mí, que si no las veía era porque me negaba a verlas. La primera, que era yo, más que el propio Siete por Tres, quien se resentía hasta la angustia de ese pasado suyo, recurrente y siempre ahí. «Le duele el aire, la sangre quema sus venas y su cama es de alfileres», son las palabras que escribí al comienzo poniéndolas en su boca, y que ahora debo modificar si quiero ser honesta. Me duele el aire. La sangre quema mis venas. ¿Y mi cama? Mi cama sin él es camisa de ortiga; nicho de alfileres.

De acuerdo con la segunda verdad, todo esfuerzo será inútil: mientras más profundo llego, más me convenzo de que son uno el hombre y su recuerdo.

2

La historia de su recuerdo, valga decir la trayectoria de su obsesión, empieza el mismo día de su nacimiento, primero de enero de 1950. Aunque no exactamente nació, sino que apareció en la población rural de Santamaría Bailarina, ya borrada de la historia y que tuvo su lugar y su momento hace años y lejos de aquí, en la vereda El Limonar, municipio Río Perdido, sobre la frontera del Huila y el Tolima. Según he podido reconstruir, recuperando aquí y allá piezas sueltas de su volátil biografía, la aparición de Siete por Tres se produjo a la salida de misa de gallo, en los escalones del atrio de una iglesia todavía en obra que inauguraban prematuramente para celebrar la llegada del cincuenta, que se anunciaba con viento agorero.

—Viene brava la vaina —se oía comentar entonces—. Por la cordillera viene bajando una chusma violenta que clama degüello general.

Eran los ecos de la Guerra Chica, que cundía desde el asesinato de Jorge Eliecer Gaitán y que amenazaba con cerrar el cerco sobre la pacífica Santamaría. Los vecinos se disponían a quemar pólvora en honor del año nuevo para suplicarle que pasara manso por el pueblo, y fue entonces cuando lo vieron.

Un bulto quieto, pequeño, envuelto como un tamal entre una cobija de dulceabrigo a cuadros. No lloraba, sólo estaba. Recién nacido y desnudo bajo la noche inmensa, ya desde entonces con esa manera suya de estar, alumbrada y solitaria.

—Miren, le sobra un dedo en el pie —se asombraron al entreabrir la cobija, tal como habría de asombrarme yo, tantos años después, la primera vez que lo vi descalzo.

Quizá por eso algunos recelaron desde el principio, por el sexto dedo de su pie derecho, que aparecía así, de repente y caído de la nada, como señal peligrosa de que se andaba resquebrajando el orden natural de las cosas.

A otros, más desprevenidos, los hizo reír esa arvejita de más, graciosa y rosada, perfectamente redonda, apretada en la fila contra las otras cinco en la empanada minúscula del pie.

—¡El año viejo se fue dejando un niño de veintiún dedos en el atrio de la iglesia! —corría la voz por el pueblo, y Matilde Lina, por novelera y curiosa, se abrió paso a codazos por entre el círculo de humanidad que se apretaba en torno al fenómeno. Cuando tuvo ante sus ojos ese dedo sobrante que era objeto de asombro, no pensó ni por un momento que se tratara de un defecto; por el contrario, lo entendió como ganancia para ese ser venido al mundo con un pequeño don adicional. Sabía bien que toda rareza es prodigio y que todo prodigio trae su significado.

Ya desde entonces la gran presencia en la vida del niño fue ella, Matilde Lina, lavandera de río, pobre como ave del campo, quien en ese esclarecido momento, equivalente si se quiere al de un segundo parto, lo tomó en sus brazos para revisar de cerca sus ojos, sus manos, sus partes de varón.

—Qué dolor para esos padres, desprenderse de su hijo. Sabe Dios de qué huirían, de qué lo quisieron salvar —dijo Matilde Lina en voz alta después de abrigarlo con una mirada larga en la que ya se notaba un propósito de arraigo, y en este punto habrá quien se pregunte cómo vine yo a saber cuáles fueron sus palabras exactas y el tono que utilizó para pronunciarlas, a lo cual sólo puedo responder que simplemente lo sé; que sin conocerla he llegado a saber tanto de ella que me otorgo el derecho de ser su vocera, sin que sobre añadir que, por otra parte, aquéllas fueron palabras que no llegó a escuchar nadie porque ya tronaban los primeros voladores y el cielo estallaba en estrellas, las velas romanas disparaban chorros de bolas candentes y las rodachinas giraban en el alambre, espléndidas como soles.

El gentío se perdía entre el humero y el estrépito de pólvora y Matilde Lina quedó sola frente a las puertas ya cerradas de la iglesia. Miraba absorta los fuegos artificiales con los ojos encendidos de reflejos y apretaba contra sí al niño de la cobija, como si ya nunca lo fuera a soltar. Lo amparó de ahí en más por puro instinto, sin decidirlo ni proponérselo, y sólo a él en este mundo le permitió entrar al espacio sin ventanas ni palabras donde escondía sus afectos.

25

Criatura irreal y anfibia, Matilde Lina. «Siempre a la orilla del río, entre espumaredas y ropa blanca»: así la recuerda Siete por Tres y cuenta que creciendo a la sombra de esa mujer de agua dulce supo que la vida podía ser de leche y miel. «Cuando comenzaba a hacerse oscuro y los pájaros a coger nido —evoca desde las crestas de su añoranza—, ella me llamaba y yo se lo agradecía. Era como ponerle fin al día. Su voz se quedaba pegada al aire hasta que yo regresaba a ovillarme a su lado...».

Siete por Tres nunca ha querido deshacerse de la cobija de dulceabrigo a cuadros, deshilachada y sin color, ya vuelta trapo, y más de una vez lo he visto estrujarla, como queriendo arrancarle una brizna de memoria que le alivie el desconsuelo de no saber quién es. El trapo nada le dice pero suelta un olor familiar donde él cree reencontrar la tibieza de un pecho, el color del primer cielo, el ramalazo del primer dolor. Nada, en realidad, salvo espejismos de la nostalgia. Lo demás son historias que Matilde Lina le inventaba para enseñarle a perdonar.

—No te hagas mala sangre, niño —le decía cuando lo descubría asomado a la amargura—, que no te abandonaron tus padres por malos, sino por tristes.

—No los puedo perdonar —rezongaba él.

—Los que no perdonan atraviesan un río de aguas malsanas y se quedan a vivir en la orilla de allá.

3

La pólvora que hicieron tronar aquella noche de nada valió, peor aún, parece haber surtido el efecto inverso. Como invitada por el chisporroteo, la violencia penetró ese año arrasadora y grosera, y Santamaría, que era liberal, fue convertida en pandemónium por la gran rabia conservadora. Fue así como, a los pocos meses de vida, Siete por Tres debió ver por vez primera —¿por segunda?, ¿por tercera?— el espectáculo nocturno de las casas en llamas; los animales sin dueño bramando en la distancia; la oscuridad que palpita como una asechanza; los cadáveres blandos e inflados que trae la corriente y que se aferran a los matorrales de la orilla, negándose a partir; el río temeroso de sus propias aguas que se aleja deprisa, queriendo desprenderse del cauce.

—Lloré hasta que Dios se cansó de oír mis gritos —me cuenta, al evocar esos días de juicio final, la señora Perpetua, inquilina de este albergue, quien por acasos de la fortuna también es oriunda de Santamaría Bailarina y debió presenciar su destrucción—. Enterré a mi marido y a tres de mis hijos y salí corriendo con los que me habían quedado. Descarnada y ya vacía de lágrimas, me miraba a mí misma y me decía, Perpetua, de ti no queda sino el pellejo.

Los sobrevivientes del exterminio invirtieron la última reserva de coraje en el rescate de su santa patrona, la que le diera nombre al pueblo, una virgen colonial tallada con tino y con ritmo en madera morena, que había derrotado los siglos y las plagas para conservar intacta la frescura de rosicleres en las mejillas y los visos dorados en los pliegues del manto, y que ostentaba el quiebre de cadera y las suaves ondulaciones de brazos que son rasgos propios de esas imágenes de santas que la costumbre ha dado en llamar *bailarinas*.

—Madre no hay sino una, pero yo tuve la suerte de contar con dos —se ríe Siete por Tres—. Ambas buenas y protectoras; la celestial, tallada en madera de cedro, ¿y la terrenal? De la terrenal yo diría que está hecha de mazapán y azúcar.

Con la madre celestial encaramada en andas, resplandeciente y risueña, huyeron a las montañas a esperar a que pasara la matazón. Nada podría sucederles mientras estuvieran bajo el amparo de ella, la Llena de Gracia, la Inmaculada, con su corona de reina fundida en plata fina, su cuarto de luna creciente enredado en las enaguas y más abajo, ya en el pedestal, aquella serpiente de rostro satánico que se rendía sin remedio a sus pies, mientras ella la pisaba como sin darse cuenta, como si la maldad del mundo no fuera cosa.

Pero la violencia, librada a su antojo, en vez de pasar arreciaba y las noticias que llegaban de abajo eran soplos de desaliento.

—Los conservadores pintaron de azul todas las puertas del pueblo; pintaron de azul hasta las vacas y los burros, y dicen que al que se atreva a andar de colorado le van a tajar la garganta.

—Se prendió el candeleo desde El Totumo hasta Río Cascabel.

—Dicen los azules que sólo paran cuando hayan derramado toda la sangre liberal. Dicen que así piensan ganar las elecciones próximas.

Viendo el caso irremediable, los rojos de Santamaría le dijeron adiós a su tierra, mirándola de lejos por última vez. Improvisaron caravana y avanzaron hacia oriente, desharrapados, fugitivos y enguerrillados, con la muerte pisándoles los talones y la incertidumbre esperándolos adelante, y siempre presente el acoso del hambre. Al centro, junto con la santa de madera, iban Perpetua, sus hijos, Matilde Lina, Siete por Tres, los ancianos, las demás mujeres, los otros niños. Los hombres, armados con ocho fusiles y doce escopetas, formaban en torno un cerco protector.

—Los niños no sufríamos —me confiesa Siete por Tres—. Íbamos creciendo en los vientos de la marcha y no teníamos antojo de permanencias.

La lenta romería se prolongó año tras año, hasta que se hizo larga como la vida misma.

Aquí y allá se les fueron incorporando otras montoneras liberales que también vagaban al garete; nuevos desplazados por desahucios y matanzas; más sobrevivientes de pueblos y campos arrasados; comandantes-agricultores acostumbrados a sembrar y a guerrear; diversas gentes correteadas a la fuerza y demás seres que sólo en la errancia encontraban razón y sustento.

—Éramos víctimas, pero también éramos verdugos —reconoce Siete por Tres—. Huíamos de la violencia, sí, pero a nuestro paso la esparcíamos también. Asaltábamos haciendas; asolábamos sementeras y establos; robábamos para comer; metíamos miedo con nuestro estrépito; nos mostrábamos inclementes cada vez que nos cruzábamos con el otro bando. La guerra a todos envuelve, es un aire sucio que se cuela en toda nariz, y aunque no lo quiera, el que huye de ella se convierte a su vez en difusor.

Los que no podían seguir se iban quedando a la vera del camino bajo una cruz de palo y un montón de piedras. El número de los menores se conservaba siempre, según restaban los que morían y volvían a sumar los que iban naciendo. Los demás protagonizaban la historia móvil y escurridiza de los que emprenden la huida: horas quietas al acecho, abatimiento por los caminos del Señor, café sin dulce y carne sin sal, pleitos y llantos, conciliaciones y consolaciones, delirios de paludismo y diarrea, juegos de cartas, páramos helados que humedecen la ropa y hacen tiritar la piel, rastrojeras, bosques de niebla, cañaduzales, sembradíos de piña que arden bajo el sol. El olor del enemigo impregnándolo todo, hasta la tela de la camisa y las hojas de los árboles, y un constante trasegar de ilusiones y un obsesivo espejeo de tierra propia, que fueron y siguen siendo el motor de su marcha.

—Buscando qué, días y noches persiguiendo qué —se pregunta ahora, ante mí, Siete por Tres—. Nadie sabía bien, y yo, que era niño, menos. Recuerdo la esperanza que abrigábamos entonces porque es la misma que abrigamos todavía: «Cuando la guerra amaine...».

Cuando la guerra amaine... ¿Cuándo será ese cuándo? Ya pasó medio siglo desde aquel entonces y todavía nada; la guerra, que no cesa, cambia de cara nomás. A René Girard, quien fuera mi profesor en la universidad, le escribo diciéndole que esta violencia envolvente y recurrente es insoportable por irracional, y él me contesta que la violencia no es nunca irracional, que nadie como ella para llenarse de razones cuando quiere desencadenarse.

Andaban montados en tragedia mayor pero nunca quisieron entenderlo así, ni Matilde Lina, la lavandera de Sasaima, ni el niño de los veintiún dedos. Mientras los demás padecían hambre, ellos vivían olvidados de comer; la tristeza y el miedo no encontraban en su alma paja para tejer rancho; la noche desolada les parecía noche y nada más; la vida despiadada era sólo la vida, porque no ambicionaban una distinta ni mejor. Los otros lo habían perdido todo y ellos nada, porque no se pierde lo que nunca se tuvo ni se quiere tener.

—Como no traía nombre preciso, habíamos caído en la usanza de llamar Veintiuno al chico del pie extravagante, según el número peculiar de sus demasiados dedos, hasta el día en que Charro Lindo nos prohibió, en tono terminante y bajo amenaza de castigo, que lo apodáramos así, por no ser caritativo, según dijo, apellidar a la gente por sus defectos —me cuenta Perpetua, aclarándome que Charro Lindo era un joven bandolero liberal de apariencia gallarda que había heredado de un tío el cargo de jefe de la procesión de desterrados.

Pese a la orden perentoria, algún desprevenido volvió a decir Veintiuno en presencia del jefazo, y éste lo tiró al suelo de un sopapo. Entonces, en vez del Veintiuno surgió el Siete por Tres como eufemismo y desacato encubierto a la autoridad, y ese sambenito se le pegó al niño para no abandonarlo más.

—Recuerdo a Veintiuno como si lo estuviera viendo —me asegura doña Perpetua—. Nacido de la nada y de la rareza de ese pie de dedos pares, de niño se inclinaba hacia lo huraño y hacia la gran timidez. Pero por Dios que aquel dedito sobrante no le impedía correr: como una gacela volaba descalzo por los andurriales.

En algún punto de la travesía, Matilde Lina, atrincherada en su niño, desistió de ocuparse de los demás humanos, ella que nunca fue experta en tratarlos, y se desentendió del todo de sus razones, de sus palabras y de sus actos. Simplemente los seguía sin preguntar ni pedir, llevando al niño consigo, los dos livianos y soñadores, casi imperceptibles para los demás, poderosos e intocables en su extrema indefensión.

Siete por Tres aprendió a caminar detrás, calando su pie pequeño en la huella que ella iba dejando, y así avanzaba confiado, a ratos despierto y a ratos dormido, sin rezagarse ni perder el ritmo, como si conociera aquel rastro desde antes de nacer. Para espantar el silencio que cae cuando se anda huyendo, Matilde Lina le enseñó el arte de hablar, pero sólo de animales. En los desvelos del monte se acurrucaban para adivinar el currucutú del búho saraviado, o las rondas de amor de la tigre en celo, o los ojos rojos y el aliento pútrido de los perros del diablo: el diálogo entre ellos era cháchara irrelevante, permanente y zurumbática sobre las costumbres del animalero.

—¿Oyes? —le preguntaba ella bajo la tempestad—. No es trueno, sino estampida de bestias mostrencas.

Otras veces le indicaba: «Mira, es huella de gato cerrero», o de guagua, de tatabro, de chigüiro, porque cualquier traza sabía distinguir sin riesgo de confusión.

Acaracolada en la memoria traía ella Sasaima, la tierra donde vivió de niña, y hablaba con cariño de sus muchos animales. De las golondrinas que atraviesan el chorro de luz que cae desde lo alto en las cuevas de Gualivá; de los sapos negros y lisos que se hacen invisibles cuando se paran sobre las piedras negras y lisas del río Dulce; del chimbilá, que es un ratón alado pero entregado al vicio, porque cuando los campesinos lo atrapan le enseñan a fumar y él aprende gustoso.

—Sólo de eso hablaban, de bichos y más bichos —me cuenta doña Perpetua—. A esos dos no les interesaba nadie más.

Eso lo comprendo yo demasiado bien: que nadie más les suscita pasión y ni siquiera interés, porque cada uno de ellos es el continente donde el otro mora como único habitante. Mírame, Siete por Tres; tócame, huéleme, escucha el runrún que me atormenta sin lograr convertirse en palabra pronunciada... ¿Te percatas de que a diferencia de ella yo estoy ahora y aquí, que soy presencia que el ojo registra y el tacto constata? ¿Tendrás por fin el valor de reconocer que en este mundo de acá es preferible alcanzar que perseguir; que una mujer de carne y hueso es mejor que una recordada o imaginada, cien veces mejor, aunque no sea lavandera, ni haya nacido en Sasaima ni sepa un cuerno de animales del trópico?

—El Albeiro se llevó los alicates —le oigo decir a Siete por Tres mientras trabaja en la construcción de un nuevo tambo—. ¡Albeiro! ¿Dónde están los alicates? —grita con desparpajo, y yo quisiera advertirle que no trate de engañarse. ¿Qué puede saber él de los Albeiros o de los alicates? ¿Qué sabe acaso del presente y de sus circunstancias?

4

La señora Perpetua, ya muy anciana, es la única persona que sabe lo que yo quiero saber. Se hallaba en el atrio de aquella iglesia, siendo mujer casada y con hijos, la noche en que encontraron al niño del pie quimérico. Luego atravesaron juntos los mares rojos del éxodo hasta que la calamidad separó sus vidas, y después de un bache de años vino a topárselo adulto, por venturas de la errancia, aquí, en este albergue de caminantes. La señora Perpetua se debate en lucha eterna y perdida de antemano contra un aparato de tortura hecho de alambres y pasta rosa que llama con orgullo *mi prótesis dental,* y mientras lo tasca sin lograr acomodarlo me va contando.

—Vi a Matilde Lina enseñarle a ese niño a amaestrar un chimbilá. Hacía círculos en el aire con una fina vara de bambú hasta que el animal venía volando, obediente, a pararse en la vara —dice con mímica, y a mí me hacen gracias sus intentos de repetir con el brazo los círculos flexibles y con la boca el hocico del murciélago—. Se iban por los charcos para encontrar a la rana de los cien ojos, que no son suyos sino de los muchos hijos que carga entre los pliegues de la piel. Ellos, los dos, se alimentaban con yuyos y aguadijas, de esas esponjosas que saben hincharse de agua —me informa

Perpetua bajando la voz, para que nadie más escuche—. Eso murmuraban por ahí, que Matilde Lina y el niño se alimentaban de pura verdolaga y chamizo de monte. Mientras los demás trajinábamos en oficios y desmayos, las horas de ellos pasaban serenas, perdidos como estaban en pláticas y contemplaciones. Los cuidaba el alma del bosque, o al menos así decíamos para desentendernos, que ya cada cual tenía bastante y aun demasiado con cuidar de sí mismo.

También por un animal se apartó Siete por Tres de Matilde Lina después de trece años de encontrar en su regazo el tibio centro del mundo. En uno de esos periodos de escasez de avío en que la gente devora hasta la suela de los zapatos, a ellos dos les había dado por recoger, en los escombros de una hacienda abandonada, a una gata con su cría. Animales afilados, tullidos y dientudos, diabólicos a punta de hambre, que ellos socorrían a escondidas del resto de la caravana por temor a que se los comiera el personal famélico, que no le hacía ascos a nada que tuviera pelo, pluma o escama.

—¿Se van a morir? —preguntaba Siete por Tres, también él, como los gatos, convertido en pequeño manojo de ansiedad y huesos.

Un martes en que la niebla y la hambruna hacían la vida borrosa, avanzaba malhumorada la caravana por los barrizales de un paraje llamado Las Águilas cuando fueron alcanzados por los de retaguardia, que venían a avisar que en maniobra envolvente los tenía cercados el sargento

Moravia, con un pelotón del Ejército Nacional fieramente armado.

—Charro Lindo, el jefe nuestro, era reconocido por hermoso y por coqueto, y por un frasquito que llevaba siempre colgado al pescuezo en el que guardaba las cenizas de la que había sido su casa paterna —me relata Perpetua—. Pero, además, se había hecho famoso por el olor nauseabundo de sus pobres pies, gusarapientos de tanto andar embutidos entre las botas de caucho. Se había vuelto proverbial su problema de pecueca, único defecto que como enamorado le encontraban las muchachas que en las noches compartían con él la cobija.

A Charro Lindo le habían asegurado que lo único que le curaría la pestilencia era meter los pies entre permanganato de potasio disuelto en agua tibia, y él, acosado por esa afección que menoscababa su orgullo y que lo convertía en blanco de burleteo general y solapado, puso tanta fe en la fórmula que se aventuró a contrariar el sentido común y a desoír las reglas de supervivencia cuando se recorre territorio hostil. Buscó la manera de bajar del monte para acercarse a lugar civilizado donde pudiera comprar el remedio, y quiso la fatalidad que ese lugar fuera un rancherío llamado Bienaventuranzas, que al fin de cuentas no se cumplieron, sino todo lo contrario, porque Charro Lindo, sin saberlo, cometió el error de arrastrar a los trescientos y pico que quedaban hacia los predios pantanosos del sargento Moravia, de fama imperecedera por carnicero y conservador, quien había sometido por la fuerza a toda la población de aquellas extensas proximidades.

Cuando entendió que los había empujado a una ratonera, Charro Lindo no supo hacer otra cosa que montar en ancas de su mula negra a la noviecita que más le gustaba e impartir la orden de sálvese quien pueda. «Nos vemos, si no en esta vida en la otra», gritó el bandolero apuesto, y así sin más, con su frasquito de tierra pasmada al cuello y agitando el gran sombrero mexicano, desató la desbandada general.

5

Esquivando las garras del sargento Moravia, unas familias huyeron por escarpaduras donde apenas se podía apoyar el pie; otras lo intentaron dejándose venir por la montaña hacia abajo, forcejeando contra el reclamo del abismo. Perpetua, que con sus hijos buscó escondrijo en la espesura, no supo cuánto tiempo permaneció agazapada y haciéndose la delgadita, agarrotados los miembros y el oído embotado por los latidos del corazón, sintiendo o creyendo sentir el paso del enemigo por encima de su nuca y soltando muy despacio el aire para no delatarse con el sonido de su propio aliento. Mucho terror debió correrle por el cuerpo antes de que se atreviera a averiguar de los demás. Entre el barro amasado con sangre encontró a unos vivos, otros muertos y otros idos: refundidos para siempre por el ancho mundo.

Décadas después habría de contarnos Siete por Tres, con la parquedad desganada con que se refería a sí mismo, que ese día se había rezagado con Matilde Lina para darles leche con el dedo a los gatos aquellos que habían intentado salvar; que siguieron en lo suyo sin escuchar la conmoción y que del peligro no supieron nada hasta que tuvieron encima los insultos y los culatazos de la emboscada. Se entregaron a la muerte sin oponer resistencia, pero la muerte, que le saca el quite a quien se le ofrenda, no quiso pasarles la cuenta de cobro de un solo envión.

—La muerte tiene una hermana más taimada y perseverante que se llama agonía. La dama agonía me sostiene en sus brazos desde aquella vez —me dice Siete por Tres, y yo siento el súbito impulso de acariciarle ese pelo de indio arhuaco que tiene, tan robusto y retinto y tan al alcance de mi mano en este plácido momento en que cae la tarde, mientras Siete por Tres y yo, doblados sobre un surco, sembramos legumbres el uno al lado del otro. El sol, que nos fustigó sin clemencia durante todo el día, se ha entregado por fin a la mansedumbre; los enjambres de zancudos vibran en la última luz, desentendidos de nosotros; la tierra fértil que removemos suelta un olor que apoya y reconforta, y mi mano, decidida, va adivinando la textura de ese pelo lacio y pesante que está a punto de tocar. La yema de mis dedos se alegra en lo ya-casi del roce. Hacia allá se estira, confiado, mi brazo, pero yo lo contraigo enseguida: algo me grita que no debo seguir. El pelo negro se aleja, reverberando y quemando, en centelleo de señales contradictorias.

Releo lo que acabo de escribir y me pregunto por qué me subyuga su pelo, su pelo, siempre su pelo. O mejor dicho *el* pelo, todo pelo: el lujo y el lustre y la conmovedora tibieza de los seres dotados de pelo, como si mis dedos hubieran sido creados para desaparecer entre la suave densidad de un pelo oscuro; como si un irracional instinto de mamífero huérfano guiara mis afectos.

—A Matilde Lina la maltrataron, la arrancaron del niño y la llevaron arrastrada hasta algún lugar del cual no se tuvo noticia —me dice la señora Perpetua haciendo silbar las eses contra esa prótesis dental que tanto la martiriza y la enorgullece.

A partir de entonces, el rastro de Matilde Lina se borra del mundo de los hechos y se entroniza en las marismas de la expectativa. De nada le valieron las patadas de potranca que sabía repartir, ni los tarascazos que pintaron la marca de sus dientes en tanta piel ajena. ¿La doblegaron trincándola del cabello, la tildaron de perdida y de demente, la obligaron a hincarse entre el barro, la quebraron en dos, le partieron el alma? ¿Retumbaron sus alaridos por las hondonadas del monte? ¿O lo que erizó las pieles fue el currucutú del búho saraviado, o el graznido de algún otro pajarraco, de todas las aves que conocían su nombre y que empezaron a gritarlo en letanía atolondrada?

Siete por Tres no lo sabe. No lo sabe o no quiere saberlo. Y si sabe nada cuenta, guardándose para sí todo el silencio y todo el espanto. Me habla de ella como si se le hubiera perdido ayer: el paso del tiempo no mitiga el ardor de sus recuerdos.

Después de la emboscada de Las Águilas, Matilde Lina no volvió a aparecer ni en vida ni en muerte, y no hubo quien diera razón chica o grande de esa mujer refundida en el tráfago de la guerra, como tantas y tantas. A Siete por Tres lo dejaron vivo pero condenado a morir, librado a la improbabilidad de su destino de niño solitario por segunda vez, por segunda vez huérfano y tirado al abandono. Un hijo del monte volando al capricho de los cuatro vientos, en medio de un país que se niega a dar cuenta de nada ni de nadie.

Desde aquí puedo verlo: lelo, como debió quedar después de la desgracia. Sumido en un trance, sentado al borde del camino mientras se va haciendo noche, muy despacio. Nada se mueve a su alrededor y el tiempo no lo apremia: no tiene adónde ir. Mientras espera va envejeciendo sin darse cuenta: sólo sabe que la mujer que ha desaparecido de su lado tiene que reaparecer, algún día. Cuando ella regrese, el niño despertará, ya adulto, y echarán a andar hombro con hombro. Por el camino y sin hacer ruido van pasando los días, los meses y los años en un aletargado transcurrir, pero la mujer que debe regresar no halla cómo hacerlo.

—Tanta vida y jamás... —suele suspirar Siete por Tres, y repite un par de veces esa frase que ya he escuchado antes, en boca de otro y en otro lugar, sin entenderla del todo en aquel entonces y tampoco ahora.

»Tanta vida, tanta vida...

—¿Y jamás? —completo yo, por seguirle la corriente.

6

Me pregunto cómo habrá resistido semejante golpe el adolescente de doce o trece años que debía ser por aquel entonces Siete por Tres. En qué silencios habrá caído, qué tan hondo habrá descendido en las aguas de su propio ser, qué desconciertos tuvo que atravesar hasta el día en que haciendo acopio de todas sus fuerzas volvió a salir a flote, transformado en este hombre a quien amo sin esperanzas de retribución.

—Su peor tormento ha sido siempre la culpa —me dice Perpetua, y respalda su argumento con la autoridad que le confiere el conocerlo desde antes de la tragedia.

—¿La culpa?

—Culpa de no haber impedido que se la llevaran. De no buscarla con suficiente empeño. De seguir vivo, de respirar, de comer, de caminar: cree que todo es traicionarla. Como le pasan los años sin dar con ella, se ha ido enredando en una telaraña de recriminaciones que lo persiguen despierto y lo revuelcan en sueños.

Cómo puede ser, si en el albergue tanto pregona Siete por Tres la buena maña de perdonar. «Las faltas del pasado se dejan en la puerta. El que aquí se refugie debe saber que de ahora en adelante sólo tiene cuentas pendientes con su conciencia y con

Dios.» Así les advierte a todos, hasta a los que vienen acompañados de escandalosa reputación, sea de ladrón, de puta, de guerrero o de asesino. A quien murmura suciedades sobre el pasado ajeno se lo dice de frente: «Mejor cállese, don Fulano, que aquí adentro no hay ni buenos ni malos».

—Ésa es la enredadera que toda razón enreda —me responde la anciana—. Al único que Siete por Tres no puede perdonar es a su propia persona.

—¿Por qué anda purgando un crimen que ni cometió ni pudo impedir? —insisto yo—. ¿Por qué se castiga de esa manera?

—Porque son otros los vericuetos de su culpa. Siete por Tres no miraba a Matilde Lina como a una madre —me revela lo que sé mejor que nadie—. Yo, que parí siete y perdí tres, conozco la forma de mirar de un hijo. Matilde Lina sufría extravagancias de temperamento, pero era mujer de empaque fuerte, cara aniñada y pechos grandes. Muchos codiciaban su cuerpo, y si no lograron hacerlo suyo, fue porque ella sabía defenderse a patadas y a mordiscos. La vi lavando en el río con la blusa zafada y a medio abotonar, y vi al Siete por Tres a su lado, muchacho de apenas bozo y pelusa que le iba naciendo allí donde no se atrevía a confesar. Los senos de ella que se asoman y el niño que los contempla, quieto como si fuera de piedra, sofocando el resuello: haciéndose hombre en esa visión.

También yo puedo ver a Matilde Lina al filo del agua, ocupada en su oficio, sumergida en sí misma e inconsciente de su desnudez, en ese momento de intimidad profunda que nada logra perturbar, ni siquiera la fiebre de amores que quema las pupilas del muchacho.

—No habrá sido el primer adolescente que le vea los pechos a la madre —le objeto a Perpetua, y ella se ríe.

—No, no habrá sido —me contesta—. Ni será el primero que de ahí en más ande buscándolos en todos los otros pares que se le crucen por delante.

7

Tras la estampida de la caravana, el día de la desaparición de Matilde Lina, Siete por Tres no fue el único que quedó abandonado en el pico de Las Águilas. Por sabia cabriola del azar, que no es arbitrario como se sospecha, allí apareció también la imagen conocida como la Bailarina, solitaria y naufragando a medias en las espesuras del tremedal.

—A la hora de la emboscada no quiso protegernos nuestra Virgen protectora —todavía hoy la sigue recriminando Siete por Tres, y me cuenta que al reconocerla desfallecida entre el fango, sintió que una vaharada de rencor le incendiaba el rostro.

«Pedazo de leño viejo, abusiva, recostada. ¡Triste muñeca de palo! —fueron, según recuerda, las blasfemias que le gritó—. Años y años cargándote en andas como si no pesaras, de noche alumbrada con velones y de día protegida de los rigores del clima por un baldaquino de duquesa, para que al final permitieras que nos llevara la calamidad».

Tratando de acallar ese rumor de soledad que había regresado de repente, Siete por Tres dio en culpar de la desaparición de Matilde Lina a la virgen bailarina, única compañía que la vida no le había confiscado, y profería contra ella esos insultos y otros más severos, hasta que comprendió que aquella señora, que antes parecía bailar sevillanas con los mismos ademanes con los que ahora chapoteaba entre el pantano, no sólo no era infalible como protectora, sino que, por el contrario, estaba sumamente urgida de protección.

—Entonces la perdoné y me enredé en la obligación de seguir cargando yo solo con ella, así que la rescaté de aquel fangal, la enlustrecí como pude, me la eché a la espalda y arranqué a caminar hacia destinos que ni ella ni yo teníamos previstos ni estábamos en condiciones de determinar. Te pido mil perdones, mi Reina Bendita, pero hasta aquí te llegó la procesión: así le advertí para que se fuera olvidando del privilegio de las andas y para que renunciara de una buena vez a las candelas encendidas en su honor, a los salmos y a los himnos, y a las rositas cecilias con las que le urdían guirnaldas. De aquí en más, le anuncié con franqueza, vas a tener que seguir la travesía a lo pobre; a lomo de indio, sin otro manto que este costal de yute ni otro lujo que esta soga. Como quien dice: se te acabó el reinado, mi Reina; ahora empiezan tus andanzas de persona del montón.

—Dios, que no olvida a sus hijos, quiso dejársela por socia y guardiana —Perpetua se santigua y besa una cruz que forma colocando el pulgar sobre el índice, y yo, que voy atando cabos, comprendo que Matilde Lina y la santa bailarina deben ser, de alguna extraña manera, una misma figura, virgen y madre, a la vez pródiga en amor e inalcanzable.

La vida, avasalladora, siguió su curso y cada quien se defendió como pudo, y en las décadas siguientes, que por falta de testigos sólo he podido reconstruir a parches, Siete por Tres, quien como he dicho tiene la costumbre de no hablar de sí, creció y llegó a adulto, se diría que contra todo pronóstico. Supongo que si lo logró fue gracias a su obstinación de peregrino, a las leyes solidarias del camino, al amparo de los generosos y a la benevolencia de su virgen tutelar. Tal vez al sexto dedo de la buena suerte y, por encima de todo, a ese inexorable empeño en seguirle el rastro a su amor.

Se había acabado la llamada Guerra Chica y había empezado otra que ni nombre tenía y que andaba mermando a la población cuando apareció Siete por Tres en esta ciudad petrolera y ardiente de Tora, vestido de lienzo blanco como la gente del campo, con su virgen bailarina bien envuelta en plástico y amarrada con piola, y afianzada en la cabeza la convicción de que aquí encontraría por fin a Matilde Lina, según información que le había suministrado una mujer en San Vicente de Chucurí.

—¿Ya la buscó en Tora? —le había dicho aquella persona—. Allá conocí a una que se ganaba la vida lavando y planchando, y que encaja justo con su descripción.

Miles acudían acicateados por la necesidad a esta feria de las ilusiones, adivinando en el oro negro su tabla de salvación y atraídos por los decires que flotaban en el aire con aleteo de futuro.

—Allá hay trabajo; en la refinería necesitan gente.

—En dos meses mi tío ganó suficiente para vivir todo el año.

—El petróleo da para todos.

—En Tora las cosas van a andar mejor.

Mientras los hombres soñaban con conseguir enganche en la refinería, las prostitutas y las muchachas casaderas soñaban con conseguirse un obrero petrolero, famosos en el país por bien pagos, despilfarradores y dispuestos. Se decía que el billete que soltaban alcanzaba no sólo para la manutención de esposas y queridas, sino también para el bienestar de vivanderas, vendedoras de empanadas y mazorca asada, masajistas, rezanderas, destiladoras de aguardiente, modistas, estriptiseras y vendedoras de lotería.

El sueño de Siete por Tres era propio suyo, no compartido con nadie. Recorría el territorio en dirección contraria a la multitud, con la única expectativa de toparse cara a cara con su desaparecida a la vuelta de cualquier esquina, y toda esquina era una ansiedad que tras el cruce se volvía desengaño.

—Le compré una medalla de oro y una camisa de encaje —me cuenta— para que no me sorprendiera el reencuentro sin un regalo que darle, y no me daba el lujo de un descanso por temor a quedarme dormido y que ella pasara de largo.

Una medalla de oro y una camisa de encaje. Una medalla de oro y una camisa de encaje. Esta noche no puedo dormir: me lo impide el calor. Me lo impide saber que alguna vez quiso regalarle una medalla de oro y una camisa de encaje.

—Aquí viene a parar el mundo entero, y tarde o temprano tendrá que venir también ella —se repetía por ese entonces Siete por Tres cada vez que sentía avecinarse una crisis de fe, y dejaba que sus días transcurrieran entre los malleros, pero sin hacer causa común con ellos. El mallero es uno que se cuelga a la esperanza, pegándose a la alta malla metálica que rodea la refinería para impedir que penetren los afueranos y los sin-carné. Un mes, dos, cinco meses puede permanecer el mallero allí parado, a sol y a sereno, aguardando a que lo dejen entrar y lo enganchen en la nómina. A lo largo de la malla se agolpan por racimos, aferrados a esa promesa que nadie les ha hecho, al aguardo de la oportunidad que la vida les está debiendo.

En medio de aquel hacinamiento, Siete por Tres veía desfilar toda suerte de pájaros, arremolinados, expectantes y alertas: soldadores que venían siguiendo la voz del tubo de petróleo desde Tauramena, Cusiana o Arabia Saudita; esmeriladores que ya habían probado suerte en Saldaña, Paratebueno o Irak; egresados del Sena, bachilleres técnicos, aventureros, pichones de ingeniero, siendo el más raro de todos el propio Siete por Tres, que deambulaba sin otro propósito que ir preguntando si alguien por casualidad conocía, de vista o de oídas, a una mujer sasaimita de mirada inconstante y poco hablar, de nombre

Matilde Lina, lavandera de oficio. Si le pedían especificaciones reconocía en un susurro que era igual a todas, ni alta ni baja, ni blanca ni negra, ni linda ni fea, ni coja, ni boquinche ni lunareja, nada, nada en el mundo que la distinguiera de las demás, salvo los muchos años de vida que él había empeñado en buscarla.

La oferta de trabajo abundó para los primeros en llegar, alcanzó para los segundos, escaseó para los terceros. La empresa cerró la contratación de personal y de ahí en adelante el resto se quedó esperando, sin límite de aguante, hasta el día sin cuenta en que la malla se abriera para acogerlos.

—Nos habíamos convencido de que el petróleo era varita mágica que remediaba todo mal —dice Perpetua, quien también llegó a Tora montada en el embeleco—. Y alguna vez quizá lo fuera, pero después ya no, aunque a muchos la idea se les había incrustado en la confianza como piedra en el zapato. Mientras unos se largaban, empujados por el desencanto, otros tantos iban llegando. Los veíamos aparecer sin equipaje, mirando alrededor con unos ojos de ojalá que sabíamos reconocer, porque todos alguna vez tuvimos que mirar de ese modo. Los que estábamos desde antes nos apretábamos para abrirles sitio y no les advertíamos, porque ya la experiencia se encargaría de apagarles el ojalá de la mirada.

A punta de pasar tiempo y de no comer, enflaquecieron los hombres al pie de la malla. Las mujeres de las empanadas alzaron con sus canastos para ir a vender a otra plaza y las niñas solteras dieron en soñar más bien con militares o con buscadores de esmeraldas. Hasta el ánimo inquebrantable de Siete por Tres presentó señales de descreimiento y fatiga, como esa noche aturdida que tanto habría de pesarle en la conciencia, cuando invirtió el último billete en una parranda de ron blanco, le regaló la blusa de encaje destinada a Matilde Lina a cualquier puta joven de sonrisa honesta y tras una hora de amor le encimó la medalla.

Y yo aquí pensando en todo esto, tan lejos de mi propio entorno y acostada en esta cama revuelta, sin poder dormir. Me lo impide el calor. Me lo impide el ruido de la planta eléctrica. Me lo impide el miedo que de noche se agazapa en los rincones de este lugar asediado. Me lo impide saber que un hombre llamado Siete por Tres, si es que tal cosa es nombre, una vez, hace tiempo, le compró a su amada una camisa de encaje y una medalla.

8

Es éste un lugar ajeno y lejano de todo lo mío, regido por códigos privativos que a cada instante me exigen un enorme esfuerzo de interpretación. Sin embargo, por razones que no acabo de esclarecer, es aquí donde está en juego lo más interno y pertinente de mi ser. Es aquí donde resuena, confusa pero apremiante, la voz que me convoca. Y es que yo, a mi manera peculiar y aunque ellos no se den cuenta, también hago parte de la multitud errante, que me arrastra por entre encuentros y desencuentros al poderoso ritmo de su vaivén.

Siete por Tres tampoco se percata. Al igual que los demás, me ve como un punto fijo al cual se puede arrimar; como una de las vigas que sostienen el albergue que lo acoge en medio de su viaje sin final. Él viene hacia donde yo ya estoy: cómo o por qué llegué, de dónde vine, para dónde voy, es algo que no se pregunta. Da por sentada mi permanencia, y yo, aun sabiéndola incierta, lo invito a que cuente con ella. Y lo hago desde el fondo de mi honestidad, porque intuyo que sigo aquí justamente para que él —él y todos los suyos— puedan llegar. Es extraño y seductor, esto de servir de puerto cuando uno se sabe embarcación.

Pero ¿qué hacer con Matilde Lina —la incierta, la extraviada, la perpleja— y cómo desembarazarse de su presencia incorpórea? Con sus párpados pesados, sus cabellos de niebla y su corazón de pulsaciones pálidas, ella pertenece al reino de la alucinación y se sale absolutamente de mi control. Su tragedia y su misterio fascinan y angustian a Siete por Tres, y lo atraen con la fuerza de un abismo. Es una rival feroz. Por más vueltas que le doy, no sé cómo derrotar esa existencia rotunda, concebida en el aire por un hombre que a lo largo de su vida la ha ido modelando a su imagen y semejanza, hasta hacerla encajar en el tamaño exacto de su recuerdo, de su culpa y su deseo.

—Déjala dormir, hazle la caridad —le digo a Siete por Tres—. Eres tú quien la mantiene atada a su falsa vigilia. Deja que se desprenda en paz; no la acucies con la insistencia de tu memoria.

—¿Y si está viva? —me pregunta—. Si aún está viva no la puedo enterrar, y si está muerta tengo que enterrarla. No puedo dejarla por ahí, vagando solitaria como un alma en pena. Viva o muerta, tengo que encontrarla.

—¿Has pensado en la posibilidad de que eso no sea posible? —le digo con cautela, soltando despacio cada palabra.

—¿Y si ella me anda buscando? ¿Si le pasa como a mí, que no tiene vida por estar pendiente de la mía? ¿Si sufre al saber que yo estoy sufriendo?

—Entonces vámonos a bailar —le propuse la otra noche—. Aquí en tu país he aprendido que cuando las cosas no tienen solución, el mejor remedio es irse a bailar.

Era un sábado fresco de diciembre y él estuvo de acuerdo, y en el camión de las monjas bajamos hasta un bailadero muy popular, llamado Quinto Patio, que queda en pleno centro de Tora. Se aproximaba la Navidad y en las calles estrechas, adornadas con ristras de luces de colores, las gentes de buena voluntad andaban compartiendo natilla y buñuelos, cantando villancicos con piticos y tamboras y rezando ante los pesebres la novena de aguinaldos. Ni la luna de azogue que nos abrasaba, ni el intenso olor nocturno a jazmín, ni el estruendo que desde las rocolas metía el Grupo Niche con su *Cali pachanguero,* ni siquiera el próximo advenimiento del Rey de los Cielos habían logrado aplazar la matazón, y de tanto en tanto la guerra nos echaba en cara su porfía: unos tiros en una esquina, una explosión en la distancia y, bullendo por todos lados, esa loca euforia de estar vivo que caracteriza a esta tierra inefable.

—No hay en el mundo un país más hermoso que éste —le decía yo esa noche a Siete por Tres mientras le comprábamos a un ambulante tajadas de mango verde con sal.

—No, no lo hay, ni más asesino tampoco.

En la penumbra roja y acogedora del Quinto Patio, Siete por Tres y yo nos pusimos a bailar, al principio unos merengues tímidos y después unas salsas enardecidas que él, como buen colombiano, ejecutaba con agilidad mientras yo bregaba a seguirle el paso con la torpeza extranjera de mis pies.

—Siete por Tres, hay una cosa que debo preguntarte ya mismo —le solté de repente, haciéndolo interrumpir su bailar sandunguero.

—¡Jesús! Cuánta solemnidad. ¿Y qué será eso tan grave que inquieta a mis Ojos de Agua?

—Dime qué pasó con los gatos.

—¿¡Gatos!? De qué gatos me hablará esta señorita...

—De aquellos gatos hambrientos que Matilde Lina y tú socorrían cuando les cayó la emboscada.

—Ah, esos gatos. A esos gatos no les pasó nada.

—¿Cómo lo sabes?

—Porque a los gatos nunca les pasa nada.

Más adentro en la noche, ya sobre la madrugada y abrigando entre pecho y espalda una botella de ron, a manera de despedida nos entregamos impenitentes a un bolerazo lento y ceñido, tal como debe ser. Escudados en lo irresistible del mece-mece y de una letra hiperbólica que hablaba de copas rotas y de frustradas libaciones de amor, Siete por Tres y yo, livianos y felices, medio borrachos ya, nos acercábamos sin buscarnos demasiado, sin que el uno apremiara ni el otro acabara de consentir.

—¿Cuánto dura un bolero? —le pregunto a la señora Perpetua.

—Los de antaño, cinco minutos; los de ahora, tres nomás.

Tres minutos nomás. Al otro día, que había amanecido siendo domingo pero que se arrastraba hacia una tarde tan anodina como la de cualquier martes, me topé con Siete por Tres frente a los hornos del pan. Andaba taciturno y arropado en distancias, y colgada al cuello llevaba de nuevo la sombra de Matilde Lina, desmayada y volátil como un echarpe de seda gris.

9

Ya se vivía la resaca del gran entusiasmo petrolero cuando Siete por Tres se vio involucrado, casi sin percatarse, en los hechos que habrían de traerlo hasta este albergue de caminantes, donde se convertiría en mi desvelo, casi tanto como Matilde Lina era el suyo. Montado como estaba en el sube y baja de sus acucias y sus despechos, no percibió el momento sutil en que el descontento, que en Tora se cocina a fuego lento, subió como leche hervida, rebasó todo canal de contención y estalló.

—¡Tápese la boca con un pañuelo mojado y corra! —le advirtió alguien a Siete por Tres, quien observaba la barahúnda desde una tienda, pendiente tan sólo de algún rostro femenino que le recordara al que andaba buscando. No hizo caso porque no tenía pañuelo, ni velas en ese entierro, pero por si acaso puso a su virgen a salvo en la oscurana de un zaguán. Segundos después se vino encima una invasión de soldados disfrazados de matorral, con hojarasca en el casco y ramajes a la espalda, llevando máscaras, mangueras y unos tanques que a él le recordaron los de la fumigación.

—¡Echan gases! —oyó gritar al tiempo que lo abrasaba una mala nube que le pringó la piel, le cerró la garganta y le inflamó los ojos con algo mil veces peor que el ají.

Eso es lo que él mismo cuenta, pero según los periódicos que aparecieron por aquellos días, uno de los incitadores de la alharaca había sido el propio Siete por Tres. Vaya uno a saber.

Promediando las diversas versiones del siguiente episodio, he podido deducir que aún no se reponía Siete por Tres de la asfixia y del aturdimiento del gas lacrimógeno cuando alcanzó a ver, a través de la roja niebla del ardor, a un niño que atravesaba la calle con un portacomidas en la mano. A uno de los falsos matorrales le debió parecer que se trataba de bomba o de coctel molotov.

—Es almuerzo para mi papá —intentaba aclarar el niño mientras esquivaba los golpes del soldado y protegía con los brazos aquello que parecía, en efecto, un portacomidas, pero que tal vez fuera, como sospechaba el militar enmalezado, un coctel molotov, porque ya se sabe que en tiempos de guerra sucia no se puede confiar en la tropa, pero tampoco en los niños.

Dicen que todo sucedió a la vez: el soldado que agrede al niño, Siete por Tres que se encrespa de indignación y le encaja al soldado un puñetazo, la jauría de malleros que entra en acción y desencadena el zafarrancho.

Cuando se apaciguaron los acontecimientos y las autoridades empezaron a investigar, aparecieron testigos que juraron que el agitador infiltrado y atacante del militar era un extranjero joven, armado, comunista, por más señales descalzo y con seis dedos en el pie derecho, profanador de templos y ladrón de imágenes sacras, entre ellas una virgen esculpida por el célebre Legarda, que constituía una valiosa reliquia colonial.

—La madre Françoise sospecha que eres guerrero, o terrorista... —pullaba yo a Siete por Tres, a ver qué le sonsacaba, cuando ya llevaba dos o tres meses alojado en el albergue y entre nosotros empezaba a afianzarse la confianza.

—¡Ay, Ojos de Agua! Mi guerra es más cruel, porque la llevo por dentro —me contestaba él eludiendo la respuesta.

Fue por esos días cuando empezó a decirme Ojos de Agua. «Venga para acá, mi Ojos de Agua, que la noto alicaída y tristonga», me llama riéndose, o si no pregunta por ahí, «¿Dónde anda hoy mi Ojos de Agua, que no viene a saludarme?». Y también, «No me mire con esos ojos, niña, que me ahogo en ellos».

—No hace falta que te ahogues —reviro yo—, me basta con que te des un buen baño. Aquí tienes champú para que te laves el pelo, y una camisa limpia, o ¿acaso te estás creyendo que aún vives en el monte?

—Dios me ampare de su cantaleta, mi Ojos de Agua —me dice así, *mi Ojos de Agua,* como si fueran suyos mis ojos claros, como si fuera suyo todo lo que soy, y yo, al escucharlo, me entrego sin reservas a esa pertenencia. Aunque al mismo tiempo comprendo que esa forma de llamarme es constatación de distancia: ojos claros son ojos de otra raza, de otra clase social y otro color de piel; de otra educación, otra manera de agarrar los cubiertos en la mesa, distinta forma de dar la mano al saludar, de reírse de otras cosas; otra manera, dificultosa y fascinante: definitivamente otra. Cuando Siete por Tres me dice Ojos de Agua, yo entiendo también que entre mis ojos y los suyos se atraviesa un océano. Pero él sabe anteponerle un *mi* —*mi* Ojos de Agua— y ese *mi* es una barquita: insuficiente, raquítica, azarosa, pero embarcación al fin, para intentar la travesía... Son lecturas que haces con el deseo cuando la única certeza que te ofrecen está hecha de frases inciertas.

10

Tras aquel brote de disturbios en Tora, Siete por Tres pasó del más evanescente anonimato a ser el tema del día. Tenía a los perros detrás, ávidos de crucificar a algún chivo expiatorio, y según me cuenta Eloísa Piña, presidenta de un comité cívico que se unió a la revuelta y a quien él recurrió en esa ocasión, no lo preocupaba tanto la urgencia de salvar su propio pellejo —que además traía sollamado por el gas— como la certeza de que Matilde Lina se hallara refundida en medio de aquel tumulto, y la necesidad de encontrar un cambuche para esconder a su virgen, de repente famosa, de buenas a primeras considerada tesoro colonial y reclamada como patrimonio artístico sustraído a la nación.

—Váyase al nororiente de la ciudad y empiece a trepar loma —le aconsejó Eloísa Piña—. Encájese un gorro y use manga larga, para disimular el maltrato, y póngase zapatos para que no lo traicione el dedito suplementario. Atraviese el mar de barrios de invasión, sin parar ni abrir la boca, y siga, siga subiendo. Cuando ya no le quede una gota de aliento, estará llegando a los últimos ranchos de una barriada joven que llaman la Nueve de Abril. Aunque le aclaro que últimos, últimos ranchos jamás va a encontrar por allí, porque no terminan los recién llegados de construir el suyo cuando ya han llegado otros aún más recientes y están levantando el propio. En cualquier caso, ahí sí descanse, en los despeñaderos de la Nueve de Abril, y pregunte por las monjitas francesas. Cualquiera lo sabe llevar. Ellas tienen un albergue donde no se atreven a irrumpir los milicos, los paracos ni los guerreantes, y allá acogen casos críticos como usted y los protegen, ¿cómo será? Yo digo que cobijados con el mero soplo del Espíritu Santo.

Con el dinero que Eloísa Piña le prestó rezongando, dado que no avizoraba esperanzas de recuperarlo pronto, Siete por Tres se compró un par de zapatos negros de cordones y gruesa suela de caucho, de la famosa marca El Campesino Colombiano, y cruzaba la última calle del casco urbano con su santa bailarina a cuestas y sus pies refrenados por la rigidez de la carnaza sin desbravar cuando lo detuvo una patrulla de la policía, en pleno uso de su prepotencia y su ulular.

—¿Qué lleva ahí? —le preguntó un cabo sospechando del bulto pesado que cargaba al hombro.

—Leña —respondió sin abrir el costal, y atinó a hacer sonar a golpes de nudillo la madera de su santa protegida, de tal modo que el cabo, que no era de los que pierden el sueño por la suerte de las vírgenes no carnales, se dio por satisfecho en cuanto al contenido del fardo.

—¡Descálcese el pie derecho! —fue la nueva orden que impartió, porque debía tener instrucciones de reconocer al maleante por la siguiente indicación: «Señales particulares, un dedo de más».

Siete por Tres sintió que descendía al último sótano del desconsuelo y desde allá abajo invocó a Matilde Lina: «¿Cómo te voy a seguir buscando, morena mía, si me encierran entre una celda con cadenas y candados?».

—¿Quiere que me descalce, mi cabo? —quiso hacerse el tonto.

—¿Acaso no oye? ¡Que se descalce el pie derecho, he dicho!

Siete por Tres se sentó en la acera con la parsimonia de los que aceptan que ya no hay nada que hacer. Se miró los zapatos nuevos con una tristeza insondable y se dispuso a desamarrar el cordón con la resignación del condenado a muerte que estira el pescuezo hacia el filo del hacha, pero en el último instante, casi por jugar, movido sólo por un destello de picardía, torero-payaso que intenta una cabriola como quite a la cornada, sin decir una palabra ni alterar el gesto, se quitó el zapato del pie izquierdo.

Uno, dos, tres, cuatro, cinco; cinco dedos contó burocráticamente el cabo, ni uno menos, ni uno más.

—Váyase —ordenó sin percatarse del cambalache.

11

De nuevo con el alma entre el cuerpo y el color recuperado, como si acabara de resucitar, ya en control de los zapatos de carnaza, que parecían haberse ablandado con el susto y ahora respondían más dóciles a su paso apurado, Siete por Tres salió del centro de la Tora soliviantada y empezó a subir montaña, tal como le había indicado Eloísa Piña, por entre el rosario de barrios de invasión. Los veía desgajarse uno tras otro sin aprenderse los nombres, porque no acababa de preguntar cómo se llamaba alguno cuando ya había empezado el siguiente.

—¡Cómo inventa la gente! —se asombraba de la capacidad de poner tanto nombre, a veces pura ilusión o ironía, como Las Delicias, Altos del Paraíso o Tierra Prometida; otras veces, conmemorativos de ambiguas victorias del pueblo, como Veinte de Julio, Grito Comunero o Camilo Torres. Santa Teresita Niña, San Pedro Claver y María Goretti para recordar a los favoritos del santoral; Villa Nohra, La Doncella y El Mariluz en honor a la mujer; los demás, repetidos, adjudicados en cadena cuando la imaginación no daba para más: Villa Areli Uno, Villa Areli Dos, Villa Areli Tres; Popular Uno, Popular Dos, Popular Tres.

Cuando por fin olvidó el incidente del cabo, recobró la confianza y se animó a hacer un alto para mirar hacia abajo, se sorprendió al ver al fondo, anclada en el centro de la selva, esa catedral reverberante y metálica que era la refinería, con su intrincada maraña de tubos, de torres y de tanques, en pleno esplendor de su fuego interno y sus humos tóxicos.

Pobre ciudad con corazón de acero, pensó Siete por Tres; poderoso corazón coronado por trece chimeneas pintadas de rojo y blanco que lanzan contra el cielo llamaradas azules y eternas.

—Sospecha uno que esas llamas ya requemaron el aire —le he escuchado decir más de una vez— y que dentro de poco no vamos a respirar. ¿Cómo no va a hacer calor, si vivimos montados en semejante estufa?

Siguió subiendo hasta que la férrea solidez de la refinería se disolvió en espejismo, y de tanto tubo y tanto tanque no llegaron hasta sus ojos sino destellos de sol. En cambio, iba cobrando fuerza en sus oídos el ruido de un martilleo constante, incansable, prolongado como una obsesión. Lo producían las familias de advenedizos que por cada rancho que ya existía iban levantando otros dos: aquí clavaban tablas y pegaban ladrillos, allá ajustaban latas, más arriba se las arreglaban con palos y cartones. A medida que Siete por Tres ascendía encontraba ranchos más endebles, más inmateriales, hasta que los últimos le parecieron construidos en el aire, de sólo anhelo, de puro martillar.

Suspendidas en la blancura calcinada del mediodía, dos mujeres cocinaban sobre una parrilla improvisada en la calle de tierra, y un viejo descalzo trasteaba un colchón. Un perro amarillo se ensañó ladrándoles a sus zapatos nuevos y un grupo de niños dejó de patear un balón de trapo para mirarlo pasar.

Siete por Tres supo que había atravesado el espejo para penetrar en el envés de la realidad, donde se extiende en silencio, a la sombra de la raquítica patria oficial, el inconmensurable continente clandestino de los parias.

«Aquí está Matilde Lina», pensó. «Aquí está, aunque no esté.»

12

Cuando Siete por Tres hizo su primera aparición en el albergue, transcurría una de esas tardes de agosto recargadas y húmedas, en las que el planeta se niega a girar. Los golpes en la puerta a duras penas disiparon el letargo que flotaba sobre el patio, y al levantarme a abrir resentí el peso de mis pies, abotagados de calor. Poco se veía del recién llegado, envuelto como estaba en su ruana calentana, con un costal a cuestas y un sombrero de fieltro calado hasta las cejas. Lo hice seguir y le ofrecí un asiento que rechazó, dudoso entre permanecer o dar media vuelta y salir por donde acababa de entrar. Fue entonces cuando le pregunté el nombre, lo dejé buscando a Matilde Lina en los libros de registro y me fui a llamar a la madre Françoise, quien por ese entonces era directora general de este refugio de desterrados al que yo le dedico mis días.

Al regresar, me alegró ver todavía allí la extraña figura de Siete por Tres. Hubiera jurado que aquel hombre seguiría camino, pero no había sido así. Permanecía de pie ante el escritorio que hacía las veces de recepción, había dejado ya de revisar la lista y se aferraba a su costal como si temiera que se lo fueran a arrebatar. Parecía cansado y enfermo, y pensé: «Estará cocinado debajo de tanta ropa». Lo mismo debió pensar la madre Françoise, porque le dijo que si quería una limonada, con tanto calor...

Él respondió con un no agradecido y se volvió a callar.

—¿Qué llevas en ese costal? —le preguntó la madre, como por dar pie a alguna conversación.

—Leña —respondió, pero me pareció que mentía.

Pasó largo rato antes de que la madre Françoise lograra convencerlo de que comiera algo y se quitara la ruana, y al ver que tenía la piel ardida me pidió que le diera aspirinas y le hiciera curaciones con picrato de butesín. Al principio sólo permitió que le untara la pomada en las ampollas de la cara y de los brazos, pero tal vez el roce de mis dedos le alivió la congoja y le aflojó la desconfianza, porque se abrió la camisa y me mostró las quemaduras que le floreaban la piel del pecho y del cuello.

—¿Con qué fue?

—Insolación —me dijo, y supe que otra vez mentía. Es lo común: a este albergue viene a refugiarse toda suerte de perseguidos, a quienes les va la vida en no decir una verdad. Así que tienes que aprender a distinguir entre mentiras dañinas y verdades no dichas.

—Señorita, usted me está dejando mejor engrasado que transmisión de camión —me dijo, risueño, cuando se vio cubierto por la espesa pomada amarilla.

Un par de días después, ya reposado y repuesto, andaba ayudando por la huerta y la cocina, y hasta se ofreció para dar una mano con la contabilidad de la administración. Fue en medio de una columna de egresos cuando nos confesó, a la madre y a mí, que entre el costal llevaba ni más ni menos que a la famosa Bailarina de los tiempos coloniales, tan buscada por las autoridades en toda Tora y sus alrededores. Como ya habíamos oído de ella por la radio y por la prensa, la madre Françoise se agarró la cabeza a dos manos y empezó a dar unos alaridos que sólo sorprendieron a los que no conocían los excesos de su temperamento francés.

—¡Pero qué grandísimo disparate! —gritaba con su acento irrepetible—. Cómo se te ocurre, muchacho, ¡traerme aquí una virgen robada!

—No la robé, madre —aseguraba él, pero era inútil.

—¿Acaso no sabes que aquí no puedo tener armas, ni drogas, ni nada ilegal, porque sería servirle en bandeja al general Oquendo el pretexto que está esperando? ¿No crees que ya es suficiente problema esconderte a ti, a quien persiguen por mar y tierra por tanta diablura que hiciste en la huelga?

—Si no hice nada, madre.

—¡Saquen esa virgen, antes de que Oquendo nos allane con la buena excusa de que administramos una cueva de ladrones!

—Pero, madre, usted que es hospitalaria con todos, ¿cómo va a echar a la Virgen a la calle? ¿No ve que desde niño la vengo cargando sobre los hombros? ¿No ve que no es robada, sino salvada por mi gente del saqueo y del incendio?

Siete por Tres la liberó del costal, desamarró la piola y no acababa de desenvolver el plástico cuando se produjo un pequeño milagro, porque la sonrisa de la virgen morena desarmó a la monja, que quedó prendada de esa dulzura tan grácil, de esa coquetería tan gitana con que la imagen meneaba las faldas y giraba las manos, como si en cualquier momento fuera a ascender bailando al cielo.

Le buscamos escondite por todo el albergue; ensayamos a enterrarla debajo de los tomates de la huerta, a encaramarla en las vigas del tejado, a ocultarla detrás de los lavaderos o entre los bultos de grano que almacenábamos en la alacena.

—Ahí no, ¿no ven que la daña la humedad? —nada satisfacía a la madre Françoise—. Ahí tampoco, que la mordisquean los cerdos. ¡Ahí sí que menos! Se la come el jején. Dame acá, que ya sé dónde la voy a colocar.

—¡Pero qué hace, madrecita! —protestaba Siete por Tres.

—Tú calla, que tienes la culpa.

Sin dejar lugar a preguntas o reclamos, la monja hizo traer piedras, cemento y palustres y a todos los puso a construir, en la mitad del patio, un nicho alto, recio y aparatoso. Justo ahí entronizó a la Bailarina, apretada entre exvotos y flores de plástico, expuesta como en vitrina pero bien resguardada e inaccesible detrás de un cristal. Antes de encerrarla la disfrazó. Le organizó en color noche y plata una capa cortada al sesgo, de triple vuelo y con capucha forrada, que la cubría toda por completo con excepción de su bonita cara y del liviano pie que aplastaba a la Bestia. Alrededor del nicho sembró plantas y lo cercó.

—Donde todos pueden verla es donde menos se ve —dijo, por fin complacida, la madre Françoise.

—Ah, qué monjita esta —le salió agridulce la sonrisa a Siete por Tres—. Me enrejó a mi Virgen.

Desconcertado, caballero andante recién destituido de la causa de su dama, se sentó a los pies del nicho y se dejó flotar en una gelatina a medio camino entre el alivio y las ganas de llorar. Se alegraba de ver a su Virgen tan señora y tan airosa, rodeada de flores y homenajes, ella, que parecía acostumbrada a las fatigas del viaje y a la aspereza del costal. ¿Pero adónde podría ir él sin su compañía? Si seguía camino la dejaba atrás; si permanecía se le enfriaba la huella de Matilde Lina, que tiraba hacia delante. La disyuntiva lo hacía náufrago del tiempo y congelaba su impulso, y ése fue, tal vez, el único día en que he visto a Siete por Tres realmente mal: triste y deslucido como un pájaro disecado.

Mientras tanto Perpetua, a quien la vida había arrastrado hasta este mismo patio, tascaba su caja de dientes y contemplaba la escena sin creer lo que veía: sus ojitos gachos se posaban en la Virgen, la inspeccionaban, observaban al dueño con extrañeza, volvían a la Virgen, la recorrían de arriba abajo y de repente se iluminaron.

—Señor —le dijo a Siete por Tres tocándole con respeto el hombro—. Señor, ¿no es esta imagen Santa María Bailarina, patrona de un pueblo del mismo nombre que campeaba por los rumbos del río Perdido, departamento del Huila?

—No señora, está confundida —negó él poniéndose de pie, paranoico tras tanto episodio persecutorio.

—Qué raro —insistió Perpetua—, hace rato la estoy mirando y hubiera jurado que es la misma. No creo que haya dos iguales; ni siquiera parecidas...

—Le digo que no. Hasta donde entiendo de la materia, esta santa es Santa Brígida.

—¿Santa Brígida Virgen o Santa Brígida Viuda?

—Santa Brígida nomás, y si no le molesta, tengo que marcharme —reviró Siete por Tres, convencido a estas alturas de que la anciana sería un infiltrado que lo interrogaba para delatarlo.

Horas más tarde, mientras Siete por Tres, en calzoncillos, se duchaba con manguera, los ojitos gachos de Perpetua, que no paraban de escudriñarlo, se toparon con un sexto dedo que regresó inconfundible a su memoria despejándole todas las dudas.

—¿Siete por Tres? ¿Estás vivo? ¿Me recuerdas? Soy Perpetua. La señora Perpetua, ¿te acuerdas? La madre de los niños Morales... ¿Cierto que ella es la Bailarina, nuestra patrona? Hasta el fin del mundo la reconocería... Y tú, ¿cierto que eres Siete por Tres, el ahijado de Matilde Lina?

A todas éstas, la madre Françoise, en cuatro patas y valiéndose de un alambre, se ocupaba de un sifón atascado sin sospechar siquiera que al construirle nicho a la virgen de madera había colocado la piedra fundacional de lo que seguramente algún día, dentro de quién sabe cuántos años, habrá de ser Santamaría Bailarina, la segunda y última, inmensa barriada sedentaria de esta ardiente ciudad de Tora, cuyos habitantes habrán olvidado el origen trashumante de sus progenitores y estarán tan habituados a la paz que la darán por descontada.

13

—Aquí llegan los que escapan del infierno —le digo a Siete por Tres mientras recorremos el patio central, los baños colectivos y los galpones de los siete dormitorios, dispuestos en apretadas filas de camas camarote.

Le presento a Elvia, una quindiana menuda y curtida que alimenta con trozos de fruta a sus azulejos, que son todo lo que conserva de lo que fue su finca, cerca de La Tebaida.

—También alcancé a sacar mis pollos —nos cuenta Elvia, con un azulejo parado en el hombro y otro en la cabeza—. Pero la caja en que venían se cayó de la canoa y se ahogaron en el río. No se sabe quién chilló más, si los pollos o yo.

—A los perros los abandonan porque ladran por el camino y los delatan —le comento a Siete por Tres, y le muestro cómo funcionan los hornos de pan—. En cambio es frecuente que se presenten aquí con sus pájaros.

Sentadas en una banca están las únicas tres inquilinas de planta, doña Solita, su hija Solana y su nieta Marisol. Mucha gente viene y se aleja al socaire de la guerra, pero ellas permanecen sentadas en su banca, almidonadas y compuestas como tres muñecas en la vitrina de una juguetería.

Alzo a Marisol, mi ahijada, una criatura de meses que nació aquí, en el albergue.

—Nadie llega aquí para siempre; esto es sólo una estación de paso y no ofrece futuro. Durante cinco o seis meses les damos a los desplazados techo, refugio y comida, mientras se sobreponen a la tragedia y vuelven a ser personas.

—¿Será posible volver a ser persona? —me pregunta Siete por Tres sin mirarme, porque conoce la respuesta mejor que yo.

—No siempre. Sin embargo, el albergue no puede alargar el plazo, así que deben seguir camino para enfrentar de nuevo la vida y empezar de cero. Pero ellas tres ¿adónde van a ir? Doña Solita no puede trabajar porque tiene las manos impedidas por la artritis. Le mataron a los demás hijos y le dejaron embarazada a Solana, que sufre un severo retraso mental. ¿Dónde en el mundo pueden vivir esos tres ángeles del cielo si no es aquí?

—Si no es aquí —repite Siete por Tres, que tiene la maña de devolver la última frase que escucha, como un eco.

—Al llegar acá —le digo— vi lo mismo que estás viendo ahora; mujeres en los lavaderos, hombres trabajando en la huerta, niños que escuchan la lectura de un libro: demasiado silenciosos, lentos y sonámbulos, con la mente en otra cosa mientras intentan llevar un remedo de vida normal. No encontré hostilidad en ellos, al contrario, una cierta mansedumbre derrotada que me oprimió el corazón. La madre Françoise me dijo que no debía engañarme. «Detrás de ese aire de derrota está vivísimo el rencor —me advirtió—. Huyen de la guerra pero la llevan adentro, porque no han podido perdonar».

Desde su primer día entre nosotros, Siete por Tres demostró que no sabía lo que era la inactividad y dejó ver que poseía una habilidad sorprendente para cualquier oficio, fuera resanar paredes, sacrificar cerdos, organizar brigadas de limpieza o manejar el camión; ninguna tarea le quedaba grande ni existía problema al que no le hiciera el intento.

Por confesiones que se le escapan, sé que se ha ganado la vida en los muchos oficios que le van saliendo al paso, porque mientras más busca a Matilde Lina, más las oportunidades lo encuentran a él. Le pregunto por qué nunca come carne y me entero de que fue aseador de una carnicería de Sincelejo, donde en vez de sueldo le pagaban con hueso y bofe. Sabe suturar heridas, saca muelas y remienda huesos porque ejerció de enfermero en San Onofre; maneja bus porque reemplazó choferes por la ruta Libertadores; echó musculatura como bracero en el Magdalena; fue desguazador de autos en Pereira, recolector de papa en Subachoque, afilador de cuchillos en Barichara.

Entre todas sus destrezas, hay una en particular que para nosotros resulta imprescindible: Siete por Tres sabe mediar cuando se arman pleitos. En el albergue estalla el conflicto con demasiada frecuencia porque es mucha la gente que se amontona adentro: gente que a veces no se conoce entre sí y que se ve obligada a convivir en poco espacio por largo tiempo, compartiéndolo todo, desde el excusado y la estufa hasta el llanto adulto, sofocado por la almohada, que se escucha de noche en los dormitorios. Para no hablar de la tensión y la desconfianza extremas que se generan cuando se aloja un grupo que simpatiza con la guerrilla y otro que viene huyendo de ella. Siete por Tres ha demostrado tener un talento nato para manejar situaciones inmanejables con delicadeza y autoridad, y se ha vuelto tan necesario para las monjas que la madre Françoise le ha dado el cargo de intendente. Con esto pretende además amarrarlo al albergue, porque Siete por Tres se aleja cada vez que soplan vientos de otros lados.

Basta con que a sus oídos lleguen noticias de que a los bajos del Guainía está migrando gente en busca de oro, o que a Araracuara y al río Inírida acuden miles de todo el país a vivir de la siembra de la coca, para que enseguida su tormento, por un rato apaciguado, vuelva a estremecerlo y le infunda la certeza de que Matilde Lina debe andar por esos rumbos, refundida entre aquella gente.

—Pero ¿hacia dónde te vas, si éste es el propio fin de la tierra? ¿Hasta cuándo crees que puedes echar a caminar, si aquí terminan todos los caminos? —le pregunto yo, pero él pone oídos sordos y se calza sus zapatos de El Campesino Colombiano como si fueran botas de siete leguas. Entonces volvemos a verlo tal como llegó el primer día, de sombrero de fieltro calado, pantalón de lienzo blanco y ruana calentana, y yo lo acompaño con el corazón en vilo, desde la ventana, mientras se pierde carretera abajo.

Hasta ahora siempre ha vuelto al cabo de unas cuantas semanas, derrengado de cansancio y enfermo de decepción, pero con el morral repleto de naranjas y panelitas de leche que trae de regalo para su Ojos de Agua y para la madre Françoise, y con una caja de bocadillos de guayaba que reparte entre Perpetua, Solana, Solita y Marisol.

Seguramente, si regresa es por no abandonar a su virgen bailarina, o por no fallarle a tanto ser, tan urgido de su ayuda, que lo espera aquí. Yo sé que no es cierto, pero cierro los ojos y me hago la ilusión de que quizá, quién quita, también vuelve un poco por mí.

14

No me pregunten cómo, pero la madre Françoise ha descubierto qué es lo que atormenta mi corazón.

—No me parece cosa prudente enamorarse de uno de los desplazados —me soltó el otro día, así sin prolegómenos y sin que yo le hubiera comentado nada, dejando caer la frase como quien no quiere.

—¿Así que no le parece *cosa prudente,* madre? —le espeté la pregunta, descargando en ella las malas pulgas que llevo encima desde que empezó este hedor—. ¿Y es que acaso *alguna cosa* de las que acá ocurren tiene *algo* que ver con la prudencia?

Me mortifica la intromisión de la madre Françoise, porque prefiero mil veces no tener testigos de este amor sin fundamento ni respuesta. Pero me mortifica aún más el hedor a pezuña quemada, o por mejor decir me hace la vida imposible, porque además coincide con un momento límite en la seguridad del albergue, y con el hecho de que hace ya tres meses que Siete por Tres partió hacia la capital, a ponerse en contacto con cierto organismo que ofrece ayudarlo en la búsqueda de Matilde Lina. En todo este tiempo no hemos recibido noticia de él, ni notificación de posible regreso, y yo, que a la tensión externa le sumo la sospecha de que no volveré a verlo, ando estragada por la ansiedad. Me salva no sé qué instinto de compensación que debe regir los fluidos corporales, y que hace que cuando llego al borde de mi propio aguante, baje la marea del desconsuelo y mi ánimo encalle en una bahía de aguas apáticas.

Tengo anotados los teléfonos de los contactos de Siete por Tres en la capital, pero hago de tripas corazón y me abstengo de llamar a averiguar por su suerte. ¿Él buscándola a ella y yo buscándolo a él? Al menos me queda orgullo suficiente para no hacerlo.

El atosigante olor proviene de una fábrica de sebo que han instalado en un solar justo enfrente del albergue. Todas las mañanas sus obreros traen desde el matadero seis o siete carretilladas de pezuñas de res, que adentro queman a lo largo del día para extraer el sebo, con lo cual logran envenenar los alrededores con un humo nauseabundo. Se trata de un tufo inicial a pelo chamuscado que al rato se transforma en un aroma culinario a carne asada que a un desprevenido puede incluso abrirle el apetito. Poco después, esa segunda tonalidad del olor se va volviendo sospechosamente dulce, como si aquella carne puesta al asador estuviera un tanto pasada, muy pasada, más bien putrefacta: el olor doméstico de lo comestible se convierte en fetidez de basurero, y las náuseas me empujan a salir corriendo. Supongo que las pezuñas están hechas de la misma materia de los cuernos y deduzco que no es casual que en español se diga *huele a cacho quemado* cuando se quiere aludir a un olor insoportable. Este que ahora nos invade pertenece a un reino indeciso entre la materia sana y la descompuesta, entre lo vivo y lo muerto, y a mí me ha dado por creer que no sólo emana de la fábrica de sebo, sino de nosotros mismos y de nuestras pertenencias. Mi piel, mis vestidos, el agua que intento llevarme a la boca, el papel que utilizo para escribir están impregnados de este olor mórbido, pérfidamente orgánico, que como un mísero Lázaro que intenta resucitar y no acaba de lograrlo me abraza, a todos nos abraza con su descarnada y atenazadora ambivalencia.

De hecho, dentro de lo crítico que es siempre todo lo que acaece en el albergue, por estos días atravesamos una situación crítica debido a las declaraciones recientes de Oquendo, comandante de la XXV Brigada con sede en Tora, según las cuales el nuestro es un refugio para terroristas y criminales, financiado desde el exterior y camuflado tras supuestas organizaciones de derechos humanos. Que le servimos de fachada a la subversión armada, ha denunciado el comandante, y advierte que, ante semejante patraña, las fuerzas del orden tienen las manos atadas. Es evidente que lo que busca es desatarse las manos para poder brincarse los códigos del derecho humanitario y proceder en contra de nosotros, así que, parapetados tras la cuestionada protección simbólica de nuestros muros, esperamos a que en cualquier momento nos allane el ejército o nos caiga encima un escuadrón de la muerte.

Tal vez si fumara me atiborraría de cigarrillos para sobreaguar durante estos días que resultan teatrales de puro angustiosos, pero como no fumo me ha dado por leer con la compulsión de quien no quiere dejar lugar en su cabeza para ningún pensamiento propio. Y todo lo que leo me habla de mí misma, como si hubiera sido escrito a propósito para impedirme escapar. No parece haber remedio, pues, ni salida posible. Ni siquiera en la lectura. Tora con su guerra y sus afanes, y Siete por Tres, y Matilde Lina, y la madre Françoise y yo misma ocupamos irremediablemente todo intersticio del aire, hasta el punto de inundar con nuestro olor a chamusquina el paisaje entero y de saturar con nuestras propias señas las entrelíneas de libros escritos en otras partes.

A todas éstas, Siete por Tres parece haberse borrado del mapa; tal vez finalmente se haya reencontrado con Matilde Lina en esos terrenos del nunca jamás que ella regenta. A veces deseo con toda el alma que haya sido así, para que descubra que también ella mide mediana estatura y arrastra pequeñas miserias, como todos nosotros.

—Apiádate, Dios mío —le ruego a una divinidad en la que nunca he creído ni creo—. No me obligues a amar a quien no me ama. Mándame si quieres las otras Siete Plagas, pero de ésa, y de este intolerable olor a mortecino que me envuelve, exonérame por caridad, amén.

15

Ya no existe la fábrica de sebo. Respiramos de nuevo a pulmón limpio y hasta nosotros regresan, verdes y picantes, todos los vahos de la lluvia y de la selva.

La madre Françoise, taimada, perspicaz y diligente, se averiguó que al dueño, un hombre ya de edad que vive ahí mismo donde tenía la fábrica, lo abandonó su mujer, una joven mulata entrada en carnes que encendía los deseos de todo elemento masculino de los contornos, y se dio mañas para convencer al viejo de que debía echarle la culpa de su abandono a la fetidez.

—Don Marco Aurelio —le dijo—, ¿cómo no se le iba a largar su adorada si usted la tenía viviendo en medio de esta hedentina? ¿Usted cree que una hermosura como ésa, una auténtica reina, va a aceptar que la obliguen a andar por ahí con el pelo y la ropa impregnados de grasa?

El viejo, que estaba echado a la pena, vio en esos consejos una luz de esperanza, le besó las manos a la madre en señal de agradecimiento, mudó su industria de pestilencias a un terreno que posee en otro sector y mandó sembrar este solar vecino de geranios, agapantos y azucenas. Su espléndida mulata no ha regresado aún, y las malas lenguas dicen que no va a volver porque anda enredada en amores con un flamante mafioso de cadenas de oro al cuello y Mercedes Benz en el garaje, que le rocía el cuerpo con champaña y le obsequia porcelanas chinas y perfumes franceses. Pero de eso el viejo por fortuna no se ha enterado, y todas las mañanas desyerba con esmero su jardín florido con la ilusión de recuperarla.

Aunque todos auguren lo contrario, yo tengo fe en el desenlace: sé que con tal de no volver a padecer aquel olor de los infiernos, la madre Françoise es capaz de buscar a la mulata y de convencerla de que es mejor tener un marido viejo y pobre que uno apuesto y lleno de oro.

Al demonio Siete por Tres, decidí la madrugada en que mis narices, de excelente humor, me despertaron con la noticia de que no quedaban rastros de la pestilencia. Al demonio Siete por Tres, ratifiqué después de darme una ducha helada, ya plenamente despierta, y estampé mi firma en esa decisión sin paliativos. Yo lo que quiero, me dije, es un hombre como Dios manda: bondadoso como un perro y presente como una montaña.

Al diablo Siete por Tres; ipso facto me desentiendo de ese sujeto; no vuelvo a hacerle el honor de dedicarle un pensamiento; me lo repito una y otra vez mientras convoco a una rueda de prensa; envío mensajes por fax; bajo a la plaza a comprar los bultos de legumbre y de grano; organizo nuevos cursos de lectura para adultos porque los que dictamos no dan abasto; me ocupo de las goteras que han inutilizado uno de los dormitorios colectivos. Ya olvidé a Siete por Tres, me repito mientras tanto a mí misma. El único problema es que me lo repito tantas veces que logro el efecto inverso.

16

Se había dispersado el olor a muerte, pero ahora era la muerte misma la que se cernía sobre nosotros. En menos de dos semanas, la racha de crímenes que devastaba la zona había dejado un saldo de veintidós personas ajusticiadas, ocho en Las Palmas —una heladería que queda a pocos minutos de aquí— y el resto en las barriadas que colindan hacia el poniente.

La amenaza de Oquendo no había pasado de las palabras, pero eran palabras letales que le iban abriendo camino al zarpazo, así que nos afanábamos buscando apoyo de la prensa, pronunciamiento de las entidades democráticas, visitas al albergue por parte de personajes notables, cualquier cosa que nos diera el aval como organización pacífica, neutral y humanitaria; cualquier cosa que no fuera esperar con la boca cerrada y los brazos cruzados a que vinieran a masacrarnos impunemente.

Sabíamos que no era fácil llamar la atención o pedir una mano en medio de un país ensordecido por el ruido de la guerra. Y si era casi imposible lograrlo desde una de las ciudades grandes, más aún desde estos despeñaderos ariscos hasta donde no arrima la ley de Dios ni la de los hombres, ni sube la fuerza pública —como no sea de civil y para aniquilar—, ni asoma el interés de los diarios, ni se estiran los bordes de los mapas. Por eso fue tan grande nuestro asombro cuando vimos aparecer la comitiva.

La más insólita, teatral e inofensiva de las comitivas, compuesta por el rubicundo párroco de Vistahermosa, un fotógrafo *free-lance,* dos reporteros radiales y media docena de quinceañeras de camiseta ombliguera, zapatos de plataforma y nombres de pila tomados ya no del santoral sino de Beverly Hills: Natalie, Kathy Johanna, Lady Di, Fufis y Vivian Janeth, todas ellas estudiantes de octavo año del Colegio para Señoritas Virgen de la Merced, de Tora. Vestidos de negro de pies a cabeza y embutidos con sus instrumentos entre un viejo Volkswagen color ocre al que llamaban La Amenaza Mostaza, se hicieron también presentes los cinco integrantes de Juicio Final, un grupo de metaleros de Antioquia que lucían tatuajes y *piercings* hasta en los párpados: «muy a punto estos muchachos, y muy modernos», según el comentario que hizo Perpetua cuando los vio.

Variopintos y dispares, de cualquier edad entre los catorce y los ochenta, provenientes de los cuatro puntos cardinales, nada tienen en común los integrantes de esta desacostumbrada comitiva salvo el propósito de cerrar un cerco humano de protección desarmada en torno al albergue, mientras queda conjurado el peligro. Al menos el inmediato, según la costumbre que empieza a extenderse por el país como única forma posible de resistencia de las gentes de paz contra los violentos de toda laya.

—No dejaremos a los amenazados solos y librados a su suerte —sermoneó el párroco durante la misa que improvisó frente al nicho de la Bailarina, martilleando cada palabra con tal furor que nadie hubiera creído que se trataba de un hombrecito sonrosado y barrigón de poco más de metro y medio de estatura.

—¿No prefiere sentarse aquí, a la sombra, para estar más fresco? —le pregunté al verlo acalorado y atragantado después de oficiar, como si en realidad se hubiera comido el cuerpo de Cristo y bebido su sangre.

—Enseguida —me respondió—. Ahora quisiera encontrar al hombre que nos trajo, que no lo veo por aquí.

—¿Y quién es el hombre que los trajo?

—Lo llaman Siete por Tres, pero no sé su nombre. Pidiendo solidaridad con este albergue se hizo escuchar en la Cancillería, en la Redacción de *El Tiempo,* en la Conferencia Episcopal, en la Cruz Roja. Y hasta en la Plaza de Bolívar de Santa Fe de Bogotá...

—¡Entonces fue Siete por Tres! —gritó la madre Françoise, que estaba escuchando—. ¡Siete por Tres ha logrado este milagro! Qué buen muchacho, nuestro Siete por Tres... ¡Quién lo creyera!

Entonces lo vi llegar, sacando medio cuerpo por la ventana de un microbús destartalado y cargado de cajas de comestibles, con su camisa de lienzo blanco y su cara iluminada por una sonrisa abierta, y rodeado por un racimo de socias de la Fundación Protectora de Animales de Tenjo que ofrecían hacerse cargo de la alimentación de la caravana y de los setenta y dos desplazados que teníamos alojados en ese momento. Comandante en jefe de su pequeño ejército de niñas y de músicos, de curas y de doñas, nunca vi tan bello a Siete por Tres como cuando atravesó la puerta del albergue, espléndido como un héroe épico, y caminó hasta el nicho de piedra para caer de hinojos ante su santa patrona. Era la hora estremecida del regreso, la entrada triunfal del hijo pródigo que reaparecía para afianzarse en lo suyo y defender su querencia.

—Has regresado —le dije, y me arrepentí enseguida, como si pronunciar esas palabras fuera a revivir en él la compulsión de partir.

—¿Será que sí? —me contestó con una pregunta, sintiéndose sorprendido in fraganti y como si aún no supiera si estaba o no de acuerdo con su propia acción.

Las señoras del microbús improvisaron fogones en la mitad del patio, colocaron ollas al fuego y empezaron a trajinar pelando papa, descorazonando yuca, trozando plátano, deshojando mazorca y tasajeando espinazo para espesar el sancocho que luego repartirían entre todos.

—Al principio, fundamos la sociedad protectora sólo para amparar perros y gatos, seguimos la labor con huérfanos, luego con viudas de soldados y ahora mírenos acá —me dice una de ellas, Luz Amalia de Montoya, cuidadosamente maquillada con rímel y rouge, abombado el cabello al estilo años cincuenta, collar de perlas de fantasía abrochado a doble vuelta y aretes *à sortir,* a quien es más fácil imaginar sentada frente a la telenovela del mediodía mientras se toma un té de manzanilla que aquí encaramada desafiando tropelías y repartiendo galletas y vasos de avena entre niños y mujeres cuyo nombre desconoce, como si no fuera locamente insensato que sus dulces carnes de señora anticuada sean nuestro mejor escudo contra las balas.

Aunque no he logrado que me guste del todo el sancocho, que es un potaje gris y mazacotudo que para ser honestos no me gusta nada, reconozco que ahora que empieza a hervir a borbotones suelta un vaho benéfico que penetra profundo en mis pulmones y allá se vuelve alegría. Qué bueno que huela a sopa, pienso: nada malo puede suceder en un lugar donde la gente está reunida en torno a una gran olla de sopa. La vida bulle aquí adentro y la muerte aguarda afuera, y el límite entre la una y la otra no es más que un hervor de sopa, una araña que teje su tela, una trama de mínimos gestos que se erigen en muralla.

Al igual que los ranchos de los invasores, todo acá arriba está hecho de la nada: de huellas, de recuerdos, de tres puntillas y unas latas; de olores, de intenciones, de apegos, de macetas con geranios y de una fotografía de la abuela. En el resto del mundo, todo pesa con la irrealidad de la materia: aquí levitamos. Los días recuperan la libertad de inventarse a sí mismos, y gracias a una aritmética rara que resulta de sumar nada con nada se las ingenian para transcurrir en forma decisiva: quiero decir que conservan el don de significar. Una de las señoras me entrega un plato de sancocho en cuyo centro flota una desafiante garra de pollo, con uñas y todo.

—Coma, que está sabroso y tiene harta vitamina. Coma para que reponga fuerzas —me dice de manera tan amable que a mí me da vergüenza desairarla, y le recibo el plato.

¿Cómo deshacerme de esta filuda manita de pollo con aspecto seudohumano que me ha sido ofrecida como un manjar y que a mí me horroriza con ese aspecto suyo, tan funerario y engarrotado? Prefiero morir a tener que comérmela, y en medio de esos dos extremos la salvación sería dársela a uno de los perros, lo cual resulta imposible sin que se dé cuenta la gente que me rodea. Siete por Tres, que me observa desde lejos, se percata del aprieto en que me encuentro y se me acerca, burlón.

—¿Me daría las gracias, mi Ojos de Agua, si yo le pidiera que me regalara esa presa de pollo que la tiene tan azarada?

Conteniendo la risa la traspaso a su plato y mientras él le hinca el diente con fruición, yo vuelvo a mi propio plato y me voy tomando el líquido espeso cucharada a cucharada, pese a que no me gusta; pese a que está hirviente y yo, que no tengo hambre, tengo en cambio calor; pese a todo lo siento bajar hasta mi estómago y allá adentro convertirse en alegría, en tanta alegría que jugando estiro la mano hasta la cabeza de Siete por Tres y le alboroto el pelo.

—¿Acaso no han entendido las cocineras que lo que exige aquí mi señorita es un filé-miñón-güel-don? —se hace el que grita para ponerme en evidencia, y yo le doy un empujón y le digo que no, que no quiero ningún filé-miñón, que si me he tomado el trabajo de recorrer medio mundo es justamente para medírmele a esta sopa aunque me sepa a feo.

»Entonces, por favor, ¡me le sirven el pescuezo de la gallina y un buen trozo de espinazo de res!

Son ahora las diez de esta noche apretada de presagios y en el callejón frente al albergue, Juicio Final, que al igual que el párroco parece oficiar un sacrificio cósmico e incruento, brama electrónicamente ante a una audiencia compuesta por los desplazados y por un centenar de personas de los barrios aledaños que se han ido congregando, convocadas por esta descarga atronadora y sagrada de decibeles que de todo mal nos libra, envolviéndonos en una burbuja blindada, infranqueable, más poderosa que el miedo. Entre aterradas y divertidas, Solana, Solita y Marisol asisten a su primer concierto de música metálica. Siete por Tres revisa unos cables porque hay interferencias en el sonido. «Contra los explotadores vendrá el día de Helter-Skelter», clama el vocalista con aspavientos de demonio ronco, y la madre Françoise se me acerca.

—Estamos salvados —me grita al oído, para que pueda escucharla—. Estos muchachos con su estruendo derrotan hasta a un criminal.

Hacia la medianoche ha circulado entre la concurrencia suficiente cantidad de aguardiente como para que varios trastabillen ahítos de alcohol. Los metaleros de Antioquia le han cedido el micrófono a un conjunto vallenato de la localidad; alguien hace tronar voladores y los demás se encuentran bien aclimatados en un bailongo que amenaza con prolongarse hasta el amanecer.

—¡Se acabó! —ladra impositiva la madre Françoise—. ¡Todos a dormir! ¡Esto es el caos!

—No, madre, no es el caos —trato de explicarle yo, con varios aguardientes subidos a la cabeza—. No es el caos, es la Historia, así con mayúscula, ¿no se da cuenta? Sólo que fragmentada en pequeñas y asombrosas historias, la de estas señoras defensoras de los perros de Tenjo, la de estos rockeros apocalípticos, la de estas estudiantes que se llaman Lady Di y adoran las canciones de Shakira y muestran el ombligo y han subido hasta acá arriesgando el pellejo... ¡También es la historia suya, madre Françoise!

—Así que hasta usted está borracha... Lo único que faltaba... ¡Se acabó la francachela, señores! *Mais, vraiment, c'est le comble du chaos...*

17

El albergue estaba ya de por sí copado hasta el tope la tarde en que llegaron los cincuenta y tres sobrevivientes de la masacre de Amansagatos. Lograron escapar de la prepotencia armada de la guerrilla tirándose con niños, ancianos y heridos a las aguas del Opón y atravesando la selva, en extenuantes jornadas nocturnas, por el silencioso cauce del río. Las monjas resolvieron acogerlos pese al hacinamiento, y durante la emergencia Siete por Tres y yo hemos debido compartir vivienda en los tres metros cuadrados de la oficina de la administración.

Para separar, al menos simbólicamente, su privacidad de la mía, colgamos por la mitad una tela amplia y liviana, de floripondios desteñidos. La guindamos baja, fuera del alcance de las aspas del ventilador, que a golpes de aire la sacude y la mece creando en el pequeño cuarto una atmósfera de escenario. Largas e inciertas han sido para mí estas noches, él dormido de aquel lado y yo velando de éste, sabiéndolo lejano aunque nos cobije la misma oscuridad y el mismo soplo roce nuestros cuerpos.

Cien veces he estado a punto de acercármele y me contengo: el paso que nos distancia me parece infranqueable. Cien veces he querido estirar mi mano y tocar la suya, pero un movimiento tan simple se me antoja desatinado e imposible, como atravesar a nado un mar. Me invade la zozobra del clavadista que quiere y no puede lanzarse desde las alturas de una roca hacia un pozo profundo, y que se para justo al borde, avanzando centímetro a centímetro hasta que sus pies asoman al vacío, pero en el instante previo al decisivo prefiere retroceder, aunque ya en el aleteo de su vértigo intuye el contacto con el agua que ha de envolverlo. Todo me empuja hacia allá, pero no me atrevo. Esta tela volátil que divide en dos nuestro espacio común me frena como una tapia de piedra, y los floripondios pálidos parecen estar ahí como señales de tránsito que me impiden traspasar. Así, mientras permanezco a la espera, he llegado a distinguir las intensidades de su respiración y a conocer sus jerigonzas sonámbulas.

—¿Mi Ojos de Agua descansó? —me pregunta al alba, cuando nos encontramos en la cocina.

—Yo sí pero tú no, a juzgar por las ojeras... —le replico tanteando terreno, y él se ríe.

—Vaya piropo —es todo lo que comenta.

Así transcurren, una tras otra, nuestras horas nocturnas, él perdiéndose en sus pesadillas y yo bregando a encontrarlo. Tan pronto se queda dormido, aguzo el oído para colegir aquello que lo conturba y lo escucho enredarse en una media lengua frondosa que no tiene traducción. Una vez, recién pasadas las cinco, buscaba yo la punta de la madeja para desenredar su maraña, cuando lo escuché gritar. No pude contener la compasión por él, o sería más bien por mí misma, el caso es que me eché el echarpe sobre los hombros y atravesé la cortina.

Pese a tanta convivencia y a tanto trabajo en común, en el último tiempo era poco lo que habíamos conversado los dos, tal vez porque la confianza mutua se nos había pasmado tras el primer envión, o por temor a remover heridas que ya se sabían incurables, o por pura falta de tiempo, porque las innumerables tareas del albergue no dejaban un minuto para asuntos personales.

Mientras las monjas echaban a andar el día arrastrando por el corredor sus pasos apurados, le acerqué a Siete por Tres un vaso de agua y me senté a sus pies, a esperar a que hablara. Pero los silencios enquistados tienen dura la costra. Él se guardaba sus cosas, yo me guardaba las mías y cada quien soportaba por dentro la marcha de su propia procesión. Mucho ansiaba yo que él rompiera el silencio, y él, callando, lo dejaba en manos mías.

Desde su regreso de la capital, Siete por Tres no había vuelto a mencionar a Matilde Lina. Yo me alegraba y se lo agradecía, inclinándome a interpretarlo como una señal favorable. Pero las palabras no dichas siempre me han infundido temor, como si permanecieran latentes y esperaran la ocasión de saltarnos a la cara, y en el fondo las resentía como si fueran una pérdida, como si se hubiera debilitado el lazo más íntimo que nos ataba, el puente hasta ahora indispensable para pasar desde su aislamiento hasta el mío.

Pensar así era arbitrario y absurdo y yo lo sabía bien; a todas luces, lo primordial en el cambio que durante las semanas anteriores se había operado en Siete por Tres era su estado de exaltación, la confianza con que ahora asumía su protagonismo y su liderazgo, su compenetración con el entusiasmo colectivo. O mejor aún, el despliegue de esa fuerza interior que lo convertía en el eje del entusiasmo colectivo. Anda fuera de sí, habíamos comentado con la madre Françoise al verlo trabajar sin descanso desde la madrugada hasta después de la medianoche.

Escribo *fuera de sí* y me pregunto por qué será que Occidente carga negativamente esa expresión, como si implicara la desintegración o la locura, cuando estar fuera de sí es lo que permite estar en el otro, entrar en los demás, ser los demás. Siete por Tres andaba fuera de sí y parecía que buscara liberarse de la obsesión que lo enclaustraba. Parecía. Parecía pero no se sabía a ciencia cierta; nunca se debe subestimar la fidelidad que cada quien les guarda a sus viejos dolores.

Mientras se tomaba el agua, me propuse quebrar la autocensura que frente a él me imponía, y le conté largamente sobre mi arribo al albergue tres años atrás. Le hablé de la entrañable amistad con mi madre, quien no ve la hora de que regrese a su lado; del amadísimo recuerdo de mi padre, muerto hace demasiado tiempo; de mis estudios universitarios; de los hijos que nunca he

106

tenido; de mi afición por escribir todo lo que me acontece.

—Y de sus amores, ¿no me dice nada? —me preguntó, y yo pensé: «O le hablo ahora o no le hablo nunca». Pero me lo había preguntado con cara de yo no fui, de estar eximido del tema, y ahuyentó de mí cualquier atisbo de coraje.

»Una mujer como usted debe haber roto muchos corazones...

—En el pasado tal vez. A mi edad, el único corazón que uno rompe es el propio.

Sonaron las campanas llamando a misa de seis y yo supe que había dejado escapar el momento. Desde los dormitorios colectivos llegó el eco de toses somnolientas, algún radio soltó su letanía de noticias, los soplos asmáticos del ventilador sucumbieron ante la entrada de la espesa masa de luz, y yo tuve que volar a cumplir con mis tareas del desayuno.

Siete por Tres entró al comedor, y yo, mientras repartía tazas de cacao con mogolla y queso blanco, buscaba en el rebujo de mi cabeza la palabra que lo acercara.

Se quemó los labios al tomar el cacao hirviente y luego se asomó al espejo que cuelga sobre el lavaplatos. Lo vi ponerle gomina al peine y pasta al cepillo; ya se lavaba los dientes, ya me daba las gracias y se despedía; mientras tanto yo recogía los platos y comprendía que era ahora o no sería nunca.

—No es a Matilde Lina a quien buscas —me atreví por fin, y mis palabras rodaron, redondas, por entre las mesas ya vacías del comedor—. Matilde Lina es sólo el nombre que le has dado a todo lo que buscas.

Esta noche, un aguacero cae como bendición sobre el recalentado albergue, disipando la tensión y el exceso de presencia humana. Yo me vine a acostar más temprano que de costumbre y ahora paso las horas despierta, escuchando en la negrura el roce de ráfagas de agua contra el techo de cinc, los ronquidos irregulares de la planta eléctrica, el silbido de víbora que emite el farol de la esquina al alumbrar de verde un redondel de lluvia. Todavía está oscuro y sin embargo cacarea el primer gallo y ocupa el aire de afuera un revuelo de gaviotas que alborotan y chillan como monos macacos. El gallo canta y canta hasta que logra avivar la humedad y yo prendo el ventilador, que deja caer sobre mí su brisa artificial y su matraqueo de helicóptero de bolsillo.

Todo está bien, constato y registro sin asombro que la calma bienhechora que se extiende afuera se ha instalado también dentro de mi pecho. Hace ya más de un mes que se fueron el párroco de Vistahermosa y su colorida corte, pero el hechizo de su solidaridad todavía pesa, protector, sobre nosotros. La vida es tan bondadosa, pienso, y la muerte al fin de cuentas es tan mansa. De momento, ha cedido la angustia que suele gravitar sobre el albergue, disolviéndose con modestia en la amplitud de su contrario, que es el resplandor que me deslumbra en esta noche quieta, y que me regala estas ganas de creer que nos arrullan días amables, pese a todo. Por primera vez desde que conozco a Siete por Tres, el pulpo de la ansiedad ha dejado de oprimirme el corazón. Esta paz se asemeja a la felicidad, pienso, y como no quiero que el sueño ni el aire la disipen, agradezco la vigilia y apago el ventilador.

Ya flotan por el albergue los maitines de las monjas y percibo los pasos de Siete por Tres, que entra a su medio lado del cuarto. Por algún paralelismo predecible y favorable, los segmentos de un todo disperso encajan en su lugar con la pasmosa naturalidad de un destino que se cumple.

Adivino su silueta a través del telón del centro y sé que Siete por Tres se sienta en su catre y se demora, botón por botón, al quitarse la camisa. Intuyo su mata de pelo y la siento respirar en la sombra, como un animal en reposo. Hasta mí llega, muy vivo, el olor de su cuerpo, y lo veo descolgar la tela de trama difusa y figuras borrosas que nos separaba.

Este libro se terminó
de imprimir en
Sabadell, Barcelona,
en el mes de
febrero de 2016